# 清藏住持

# 時代推理

當和尚買了髮簪

唐墨 著

目次

#【各界名家好評】

唐墨的《清藏住持時代推理：當和尚買了髮簪》是一本很臺灣的小說。

這當然不只是因為它出版在臺灣、場景發生在臺灣，更是因為故事當中的種種鋪排都呈現了臺灣的特色。首先最明顯的，是在題材上，這些故事都是依據歷史素材改編而成：林投姐、二林奇案、呂祖廟燒金、周成過臺灣；這些民間耳熟能詳的鄉野傳說，時代雖然不一定都和《當和尚買了髮簪》一樣發生在日治時期，但經過作者巧妙地編織，其中幾篇就正好是對這些奇案的翻案，就連人物名稱都一模一樣，而有些，則是與奇案遙遙呼應，增添了閱讀的趣味。

其次，故事主要場景都發生在臺灣最具歷史的府城臺南，而非殖民治理與現代化的首都臺北，這層設定，也使得小說可以更專注於描繪臺灣傳統庶民社會的景象。此外，《當和尚買了髮簪》採用的是推理小說常見的「偵探與助手」模式，而更有趣的也在這邊：我們的偵探主角清藏律師，不僅是臺南府城「松本寺」的住持——此「律」師非彼律師，是佛教「律」宗的律而不是法律的律——更是「半個日本人」；而他的好助手，賣雜貨的羅漢腳秀仁，才是臺灣人。先別急著批判這是媚日，因為這只是歷史的事實：日治時期，臺灣受到殖民，臺灣人本就無法太深入參與警察體系，難以加入刑案的偵辦；同時，也是在日治時期，經由殖民，才開始帶來了現代性與理性，而現代性與理性，也正與推理小說這種文類息息相關。正是由於這些時代的事實，曾擁有警界相關經歷的偵探主角，才必須設定為清藏這「半個日本人」。

然而，助手的地位未必就比較低下，在這些案件中，也時常可以看到助手秀仁大顯身手的場面，缺了他的引導、探查、解說，這些發生在臺灣民間的謎團恐怕就無法解開。此外，案件的謎底，也十分具有臺灣庶民社會的集體特色，展現了一種雜揉現代與前現代的氛圍——不過，為避免暴雷，這裡就少說幾句，讀者不妨自行體會領略。

在這本小說中，我們可以看到現代推理的元素，可以看到歷史的元素，更重要的是，還可以看到許多宗教的元素，而宗教也是與傳統臺灣社會有緊密關聯的領域，只是一直以來，無論在臺灣的純文學或大眾文學的作品中，我們都很少能夠看到宗教的出現（或者大多都只是成為一種符號或營造氛圍的工具），而這本推理小說開創的此例，也提供了一個重要的關照切入點。

故事需要一再被重述，才能獲得生命；這些過往的民間傳說，也是如此。作者藉由民間傳說提供的舞台，讓這些推理的想像得以上演；同時，也藉由推理小說的故事，營造出了一個切實的老臺灣空間。令我印象最深刻的「彩蛋」，則是最後一篇〈和尚藏髮簪〉，這是全書最具轉折性的一篇壓軸作品，而當中一位名叫月里的女性（及其身世），則讓人強烈聯想到日治時期台灣文學名作、張文環的〈閹雞〉。這種多元元素的交雜、多重文本的互文，正是閱讀這本書最大的樂趣所在。

——**盛浩偉**（秘密讀者／文學評論家／創作者）

有如周杰倫翻唱《雨夜花》一般，當代又充滿懷舊的傳統派推理小說。

在當代百家爭鳴的推理小說潮流之中，很難得可以見到台灣七年級的小說家，以非常本格派的寫作方式，再次讓我懷念起初次閱讀推理小說的情感與熱血。尤其在這個推理小說百百種，各式文風與主題推陳出新的年代中，這樣帶有相當傳統、且題材緊緊貼近台灣日治時期歷史背景的小說，實在不多見。《清藏住持時代推理：當和尚買了髮簪》一書，不但有推理迷們最熟悉的懸案事件，其中的〈二林金錶案〉更讓我想到《犬神家一族》或《異人館村》的村莊奇案，在現代社會中都市較冷漠且講求法治的年代，確實村民間以情感、錢財為維繫的案件讓人有點不可思議，但因為寫作的年代感以及人物的描述，卻又讓這種荒誕的事件好似真有可能發生。

我覺得刻畫最成功的，一定是唐墨在各人物講話的語氣跟詞彙上的選用，充分反映了當時日本統治台灣時的台南風景，日語、中文、台語交雜，每個人的出身與背景造就了他們的語言習慣與口音；還有就是當時社會階層的寫實，讓人好像真的走進了當時的府城，尤其我在閱讀這篇原稿時，人正好在台南度假，當時走在巷弄間的風景，好似也因為本書而回到了七、八十年前一般。

在唐墨的字裡行間中，可以看到與他年紀相當不同的、超齡的文筆與題材，就好像是一台最新的iPhone播放著留聲機唱片的雨夜花一般，在這個新的時代中，有一種全新詮釋的懷舊氣息。我想，這可能就跟他本人一般，在這紛擾的社會中是那麼的心安自得，以跟同齡友人不同的、有點帶有些年紀氣味的興趣，在我們這群朋友間是個有些安定又泰然，似乎平凡，但在又是這麼不平凡的存在。

——馬偉軒（Escapeholics 密室逃脫執行長）

台灣寫推理小說的人，很少有唐墨這樣對時代描繪如此多細節的作者。

我每次看到唐墨，他都穿著日本和服，在台北大街上，長年穿著和服活生生走在路上的，應該不會超三個人吧？他是極為聰明，極為友善的一個人。以為只是特異獨行，但他真正的特異獨行是在他的推理小說實踐上，在他的文字裡，我看到了他用日本鎏金、蒔繪那樣的質地在描繪屬於我們自己的社會。

唐墨喜歡歷史，喜歡佛法，喜歡推理故事，所以他創造了奇特的清藏和尚探案這樣的角色。唐墨的獨行還在於他把推理的背景設立在日本統治時期的台灣，以及藉用韓子雲《海上花列傳》描繪滬江妓院的概念，用命案描繪了台北大稻埕青樓，同時也用了韓子雲、曹雪芹運用方言寫對白的方式，以台語語感書寫推理小說的對白，這是戰後台灣推理小說一直較欠缺的嚐試。唐墨的特異獨行，沒有讓他走上絕路，但一定豐富了台灣偵探推理文學的形式。

——譚端（偵探書屋店長）

聽到唐墨《清藏住持時代推理：當和尚買了髮簪》即將要出版的消息，很是開心。

知道唐墨，是在二〇一二年的臺灣推理作家協會獎。那年我和冷言、謎熊、冬陽、胡杰幾位先進一同擔任準決選的評審。複選入圍的作品有十三篇，唐墨這一篇在第一輪投票中即獲得四票推薦，確定入圍，可以說是相當優秀的作品。作者對於小說語言與時代背景的考究，是作品中最為人驚豔的一點。而這個優點，在此次出版的短篇集中，也一覽無遺。唐墨當時說他要用歷史案件、傳說等素材來寫小說，而這本短篇集，就是他努力的成果之一。在虛構的小說中加入許多真實的細節作為素材，使得整本小說裡處處洋溢著虛實交錯的趣味。在閱讀娛樂的固有價值之外，也開啟了探索臺灣歷史的大門。作者雖然未必有寓教於樂的意圖，但我想結果可以說會是殊途同歸吧！

——**路那**（台灣大學台文所博士候選人／推理研究者）

# 洗手巾之歌

當我拖著平常「喊玲瓏」用的攤車，來到河堤邊那排查某間，想找幾個娼頭藝旦叫賣日常用品的時候，卻看到人群都聚集在河堤下面，沒幾個人聽見我叫賣的聲音。春紅樓的老娼頭阿琴仔本來還缺一盒齒粉，約好了今天給她送來，她卻也跟著藝旦圍在河邊，一團人湊著腦袋不知道在看什麼奇怪的東西。

這河堤是新的，河也是新的。去年才開通的大運河，寬有快一百二十來尺，這裡原本就有很多船家，做生意的人也經常轉搭大船到高雄基隆，或是叫小船去月津鹿港；舊運河淤積之後，運河的支線渠道重新拓寬，從飲酒作樂的藝旦間那段開始挖起，挖出了大運河，整個新町又煥然汰舊了一遍；搭蓋了幾架和堀橋、望月橋、烏橋仔一樣嶄新的水泥橋，交通來往更利便了。

這對於春紅樓以及其他老娼頭來講，實在是一件天大的喜事。去年的這時候，春天，運河工程將要完工的剪綵日，天空飄了一點米糠大小的細雨，藝旦們紛紛踏出戶外舉起清香，沿著街道連門帶院地鳴放鞭炮；從此以後，外地的跑船郎想尋歡，再也不必給拉人力車的多賺一手了。只要一下船，結好繩纜，鄰近就有藝旦間，隨時可以春宵一刻。

「你們在看啥？」我站定在河堤上，對著下面的人大喊。他們這時候才認出我的聲音，全都轉過頭來。

「秀仁兄，你來看，有死人啦！」春紅樓的阿芳扯開喉嚨大喊，她的聲音很尖很利而且高八度像一把有鋸齒的刀子切割耳膜。她揮手招我的那個動作，不像看到死人，反而像碰到了什麼好玩的新鮮趣事，急著想與我分享。

「我有車，走不落去啦！」

「沒要緊啦，我去幫你顧車。」一說完，阿芳蹦蹦蹦地踏過兩旁的草地，一身粉紅色的和服振袖，寬大的衣襬在風中飄盪，頭上梳了鬆垮的小髻，還立著一隻艷紅髮簪。可能只有十八歲左右吧，她這樣的年紀看到死人，卻是因為好奇而感到欣喜雀躍，一絲恐懼都沒有。是什麼原因讓她可以冷冷地看一個死亡的景象擋在視線前方而沒有收斂起她青春爛漫的神色？

還沒想出這其中的道理，只能推斷藝旦的生活比尋常人複雜得多，要看一個人白刀子進、紅刀子出的生死畫面，應該就像看慣了殺豬宰魚的市場販子；日子久了，連阿芳這樣的小女生也淡然了吧！

菜市場的販子要是對雞鴨的生死牽腸掛肚，該怎麼做生意呢？

常常可以聽到某人為了藝旦爭風吃醋，招呼一大陣兄弟，圍著新町一帶的小旅社盯哨；那些舒爽完的買春客，正要跨出提供娼戶租借房間辦事的貸座敷，神思還飄飄然呢，就蒙頭蓋臉地被瞎打一陣，這樣的痛打未輸到沙卡里巴呷一頓粗飽，都號作「蓋布袋」。

經驗老到的娼頭，聽到自家姑娘引起了別人的爭端，就算見了血光，哪怕是死了人，都不會出手阻止的。因為那無疑是酒家最好的活劇廣告了，詔告來往的旅客商船，自家小姐技高一籌，眾星拱月爭先恐後，慢來就沒得吃了。

應該不只阿芳，這裡的人如果不想辦法習慣這種生活，大概都會瘋掉吧。

我擠進人群包圍的方向，終於看到他們圍觀的那個死人，喔不是，應該是那一對死人。河岸上躺著一男一女，男的右手腕綁著一條白色棉布巾，腰間緊緊纏著一條腰帶；腰帶的兩端都握在女子的手裡，女子環抱著男子。另外又有一條礙事的繩索，綑住兩個人的腰，並打上了死結。看樣子死意堅決。

想要探出事件的真相，在旁人看來可能有點好奇心過度，甚至是有點殘忍吧？半夜買肉粽的錢變成冥紙；或是廟裡的供桌上出現一支斷掉的陽具；偶然在市場看到和尚在買髮簪。只要聽說了一點點可疑的事件，發生在這個不大不小的熱鬧府城，總會引起我的注意。雖然我不是兇手，卻隱隱感覺自己像是共犯。這毋寧也是一種集體道德感作祟的結果，因為人都喜歡看好戲，只是在大部分的人僅止於圍觀，如果打破沙鍋問到底，那就是無情無義、無血無淚的表現；我這樣持續追查案件，一度被罵成是無良的舉措，說我應該把這工作交給警察大人就好。社會上發生事件，作老百姓的竟只能茶餘飯後消遣用，認真起來，要去辯論去思考，就彷彿有違天地順序，恐怕招致日月失調。

不在意他們旁人這種虛偽的道德觀，我趁著警察還沒來，趕緊仔細觀察這兩位死者。

我曾經試過把豬五花連皮帶肉，泡在一缸鹽分略高的水裡，模擬海上浮屍的形成，每隔一小時就畫圖做筆記，直到隔天雞啼。這當中我依舊拖著人力車叫賣，只是把那缸水放在車子最底下的木拉門裡，水缸用蓋子和石頭壓著。假使不小心翻倒出來了，就說我在醃肉吧；連狡辯的說詞都想好了，這是犯罪的開始。

而眼前這對屍體，手臂上和臉上的皮都發脹了。因為屍體泡在流動的運河，所以不像在鹽水缸裡保存得那麼好；根據我的實驗結果，我可以判斷這兩位死者是昨晚入水的，因為如果超過兩天或三天，也許早就流入大海了。

當然我的實驗還不完整，河海裡的屍體會受到魚蝦啃咬，以及水流的拍打，加速屍身的破損，證據經常因此被淹沒；真的親眼看到那對泡水浮屍的時候，還是與那塊實驗用的豬肉不太一樣。

男的穿深藍色長袍，身材略短，有點瘦小，但是長袍的料子很高檔，即使泡在水中一陣子了，還是可以看得出長袍就連車邊都很講究。還好日本人沒有規定穿著，不然像他這樣的人根本不必殉情，老早就會因為那套漢人扮相被當成反動份子，然後受不了警察大人的逼供，活活打死或者頂替認罪而槍斃在冤獄裡。

應該是殉情，就連後來趕到的警察大人也這麼鑑定。

四名警察把閒雜人等包括我都掏到河堤上，才開始拿出記事本清點男屍與女屍身上的特徵和物品。

早在他們來現場之前我就認得十分清楚了，男的除了衣料很好之外，他的右手綁了一條棉布巾，圈起來的寬度可以推到接近手肘的地方；雙手十指鬆開呈蓮花狀，好像曾經握住什麼東西；他手指上的金戒指特別顯眼，戴在右手無名指上。左手小指被截斷，屍身泡在水裡頭有點浮腫，但仍然可以分辨得出那是很久以前的舊傷痕，已經長了新的肉包裹住原本應該慘不忍睹的傷口，形成瘢痕。

他雖然瘦小，但身體頗結實，從手臂前端看到血管暴露的紋路，烙印在慘白浮起的屍身上。他應該是有點力氣的人，只是先天發育不好；因此我推斷他是長年做工，才慢慢存了些錢，可以穿好衣料、戴金戒指。

不然那些就是他拐騙來的贓物。

我被趕到河堤上，但還在注意警察的蒐證，他們好像沒找出任何重要的資料。四個人在男屍女屍的袖口、口袋、衣領翻找，卻什麼都沒找到。水裡的女子，穿著跟一般女子無異，簡單的藍布衫；但是她的頭髮很長、指甲也修得很整齊，看起來不知道是哪一家的少奶奶。但我又停了一下，想到我是在風塵女子聚集的新町，那麼這位女子的身分應該不言可喻了。

「阿琴姊仔，你熟識那個女的嗎？」被趕上來的那群圍觀的人，現在正圍著我的人力車，他們總算想起來要買東西了。我跟做娼頭三十幾年經驗的阿琴搭起話來，想問問看這運河女屍的身分。阿琴從和服袖口裡拿出幾錢銅板，買了那盒齒粉，還有香煙；二十年前她的和服也是拖得老長的振袖，年紀一過三十，雖然還沒嫁人但也仿照同年紀的主婦們把袖子剪掉一大段，那樣她站在少女面前，或站在主婦前面，都不會顯得太突兀。果然是集體道德潛意識作祟。

老娼頭阿琴看了看我，她知道我對這種事情都有點興趣，就把這對男女「前面的事情」一五一十地告訴我。

只是還沒說到關於那個男的，河堤下的警察很快就湊了上來，開始盤問發現屍體的人。屍體不會無端跑到岸上來，警察在人群哄鬧聲中尋找第一目擊證人，一問才曉得是個清晨在運河捕魚的老漁夫，無意間看到他們兩個漂在運河上，本來還以為他們是溺水的人。

「我足緊張，費了好大的氣力，還把捕到的魚都倒回河裡了；誰知影他們不是溺水，是自殺殉情。兩個人的腰用麻索仔綁綁在一起，親像五月粽那樣。」

「這裡有人認識這個男的嗎？」

眾人搖搖頭，警察也研判他是外地來的人。

阿琴說，女的嘛，只要是新町這裡討生活的人應該都很熟悉，警察那裡也有出入貸座敷與藝旦酒家的名冊，貼有每個人的頭臉照片與花名、本名、檢證番號，即使和浮腫的臉做比對，還是對得出來她就是鳳凰閣的陳金快。

陳金快，她是原籍新竹的客家女子，被父親賣到南華貸座敷當童養媳，後來送去春紅樓學藝，又轉賣到鳳凰閣，才終於能安穩地做事。

做藝旦該做的事。

鳳凰閣的老娼頭繼續向警察補充那本官方版花名冊上沒收錄的新資訊，當然都會做成筆錄，老娼頭還一直說她流年不利，遇到這種衰事。但在那之前，警察草率地在街邊辦案問話的態度，反而讓我比他們快一步寫成了簡略的筆記：

陳金快一直都是鳳凰閣的頭牌，這男的第一次到鳳凰閣，點了陳金快的檯之後，陳金快異常地歡天喜地，又唱歌、又買東西請姐妹們，就這樣過了三天。

昨天，陳金快鎖在房裡不吭不響，連晚飯時間也沒出現，也不見客；鳳凰閣的老娼頭說，好歹是紅牌，也就由她去了。

今天清晨發現陳金快和男恩客死在一起。前前後後不過四天的事情。

鳳凰閣的證詞也都和春紅樓的阿琴跟我說的前情一樣，鳳凰閣老娼頭和老漁夫被兩名警察帶回去問些更詳細的口供；兩名警察留駐現場，等待葬儀社的人來收屍，這件事情才算暫告一個段落。

「喂，阿仁兄，你知不知道，這個男的啊，他去鳳凰閣之前，是先來我這裡的耶。」春紅樓的阿芳看警察走得差不多了，剩下兩個顧屍體的，就偷偷跟我講。包括阿芳，這附近跟我買胭脂水粉的人，都曉得我對這些事情很有興趣。

「四天前啊，這個男的，他好怪，點了我的煙盤啊，但是沒有住過暝。只是跟我在房間內，吃了點酒菜，不到三更就走了。

而且，怪就怪在彼當時，伊問我會不會唱一條歌。

我問那個男的說，客人想聽南管，還是亂彈？

他說，都不是，客人的山歌，你會嗎？

我回他，會，但是會得不多。我也不是客人，不知人客想聽哪一條。

他又問我，〈洗手巾〉，有聽過嗎？

我輕輕地試唱兩句。問他，是不是：與姐啊，河邊洗手巾？

他就很滿意地說是，我唱得很緊張，我又不是客人。」

阿芳瑣瑣碎碎地壓低了聲音說，她那時候清唱了一點，還怕唱錯了字，跑錯了音。現在她怕說錯了話，被警察帶去問話。

初見面的那名男子，一走進春紅樓，把小姐們看了幾遍，然後就點了阿芳。阿芳回想起來，他好像在找人。不過誰不是呢？不管是喝酒聽曲的藝旦間，還是開房作樂的貸座敷，都是為了要找個對的人，唱點對的歌。做些對的事情。

阿芳說那晚上，她掐著不流轉的客家話，把〈洗手巾〉整首唱完，拿了一百圓的賞錢，還不用伴枕陪睡，大概是十八年來遇上的第一樁好事情。

「他給你那麼多？」一百圓，那時候可以包下春紅樓一個月都沒問題。原來這才是阿芳好心情的緣故。

「你不知！噎，我只跟你講，別告訴別人。尤其是那些警察。」

「好好好。那，你有熟識那個陳金快嗎？」

「喔，她喔，如果按輩分算，她是我的姐姐啦；但是她很早就從春紅樓跳槽到鳳凰閣去，所以現在和我是沒什麼關係。」

「她怎麼會被賣來做這途呢？」我和阿芳一邊閒聊，等看看河邊的案情會不會有新的轉機；主婦太太也來買抹布牙刷，我隨意應付，讓阿芳自顧自地說。

「噎，你這個人，這途是哪一途，這途猶原也是人噎。」阿芳還是笑笑的，並沒有被我激怒的意思。她的老練，已經超乎十八歲該有的程度了：「其實大家還不都一樣，你要是問她，她也只會說是欠了人家的錢啦。」阿芳十歲就被賣進春紅樓當使用人，生父母把那些欠債還掉，也沒想過把阿芳贖回家去，這八年來，阿芳就自立更生，做皮肉生理，做得光明正大。

「喂，你。」河堤下的日本警察看到我還沒走，和阿芳在提詳，就對著我用日文大喊：「你是不是認識那個律師？可以去請他來嗎？」說話的警察脫下帽子，對我大喊，但不是沒禮貌的那種；反倒是他的同僚撞了一下他的手臂，嘰哩咕嚕不知道用日文說了什麼，臉色很難看的樣子。

我站在河堤上，也可以看到他們遮在硬帽子底下的臉；因為這河堤與運河之間的距離並不遠，甚至認得出水邊雜草上頭所開出來的花色，是早春的新蕊。

「是，大人是說松本寺的住持，清藏律師嗎？」

「對，你可以去請他趕快過來嗎？」

「好，好。」

阿芳怕被警察問話，早在那個日本警察脫帽子的時候就跑到我身後，接著拍了我肩膀一下，默默跑回春紅樓。我把零錢找給了買抹布的主婦，拉著人力車，急忙跑到大概距離運河四十幾町遠的安平港方向。

沿著舊運河和新運河的河道，榮橋、堀橋、望月橋，逐漸往海口去，窄小而熟悉的山門就藏在一條沒什麼人居住的死巷子裡。我如果走到這裡兜售雜貨，通常還會在寺裡多待一個下午，和清藏律師多閒聊幾句，喝他幾碗茶之後，才會繼續傍晚的叫賣工作。

我跨進山門，把人力車停在松本寺山門邊的小倉庫旁，踢了幾下鞋底的風沙，踏著步，佛也沒拜，香也不點，就這麼堂堂穿過大殿，來到後面的方丈室。

我一把拉開紙門，同時喊著：「清藏律師！」

「你來了，今天這麼早？」清藏律師看出我額頭上的汗滴，也猜到我的來意：「還跑得那麼急，又發生命案了嗎？」

應該說，這不是猜，而是一種推斷，清藏律師可以依據我踩在木頭回廊上的腳步聲，在我打開紙拉門的瞬間，直接說出我的來意。而我總是得在他開完金口之後回想前一秒拉開紙門的方式，是兩手扯開，還是只推單邊；是先叩在木框上詢問，還是拍擊整片紙門；甚至我今天，問都沒問不吭半響就把門拉開了，想必是有很重大的事情，才有這種冒失的行徑。

我除了賣什細雜貨之外，說實在一個羅漢腳仔，沒某沒猴，哪裡會有要不得的急事呢？就算有，誰的緊急事、救命代會專程跑到這個距離市區有四十幾町遠，幾乎要掉到安平港裡的偏僻佛寺？仔細想起來，任何必須找和尚幫忙的事情，通常是連出手挽救的機會都沒有的，況且凡人凡僧誰有神通廣大到能使落花回到枝頭、覆水再收的本領呢？

松本寺與鄰近木造的民家共生共息，是間不起眼的律宗小佛寺，中庭有一尊鑒真和尚的銅雕塑像，而住持清藏是半個日本人，平常除了講經超度這些法事之外，偶爾會有警察偷偷請他擔任體制外的顧問。清藏律師不常談起他出家前的故事，不過他自己說過，是和警察息息相關的職業沒錯；退休後，出家在寺裡修行卻又對偵破刑案有很大的興趣，經常跑警察局詢問刑案命案的一名怪和尚。出家選擇研究法規戒條的律宗，在現在佛教界聽說也是個孤僻的行者，因為就連宏揚律宗的人也逐漸是佛門極其少數的奇才了。

因為學律而被稱為律師，實際上被學法教的法師和學坐禪的禪師瓜分掉很多功德生意，是個很冷門的職類。

「別看我這樣，卡早警察看到我也是要鞠躬的。」他只是偶爾在我說他老眼昏花的時候，搬出這句口頭禪來洗刷他昏老的罪嫌。我經常找清藏閒聊，他會說一些在日本聽過遇過的犯罪事件，或者是中國以前的公案；時間一久，聊出了我對犯罪案件的興趣，而當我的一舉一動都變成清藏律師的推斷要件時，更加深刻體會到，這世界上似乎沒有包不住的祕密。鴨蛋再密也有縫。

但他的靈光也僅止於犯罪事件，除此之外，清藏律師就是個老眼昏花的出家人，幾乎過著退休的生活。衣服洗了，還沒乾就穿上身；飯煮了，米心沒透就三兩口扒空了碗；他的生活打理得很隨便，他都說這就是隨緣。

「嗯，新運河那裡，有兩具浮屍，應該是殉情。」我把我的推斷告訴他。

「是不是殉情，我看了才准算，走吧。」他坐起身來，隨手拿了一個大斗笠，手裡還很難得地攜著其眉的錫杖。

我先走出他的方丈室，趕忙抬起停靠在寺院倉庫旁的人力車，和他亦步亦趨地討論起陳金快的背景。

「喔，陳金快是客人啊，嗯。」清藏住持沒有多說什麼，只是沉吟了一會兒：「然後花大錢找人唱客人山歌的人，卻跟她死作堆。」

走回河堤邊的時候，那些群聚圍觀的人還在指指點點，雖然他們一點頭緒都沒有，卻可以形繪出好像昨天深夜親眼看到陳金快和那名男子哀怨地在雙方身上打好繩結，一同走往運河的中心。

「啊，清藏律師。」河堤下的警察看到我和清藏的出現，這次不理睬同僚死盯著的目光，鞠了九十度的躬，也喚清藏一聲「律師」。

清藏律師沒有多說什麼，只是看了我一眼，好像是說：「怎麼，沒有在嚎哮的吧。」

我擱下人力車，跟著清藏律師走下河堤；圍觀的人說要幫我看顧車子，但這時候我倒覺得為了能破解雙屍命案，捨棄掉幾根牙刷、幾柄梳子，甚或整台車子讓小偷順手牽走也是值得的。

說是這麼說，但我還是把人力攤車三邊的木隔板拉了起來，並且扣了鎖。車子的貨架就鎖在木板裡了。除非整台車搬搬走，至少偷小東西是無法得逞的。

「敝姓田邊，這是我的同僚藤野，聽說律師對命案有很多研究，雖然剛才討論的結果應該是殉情，但是我，我想請教律師的看法。」

「這倒很有趣，你不相信這是殉情？」

「不是不相信，而是，聽鳳凰閣的老娼頭說，這個男人第一次到鳳凰閣，不過是三天前的事情；誰會為了見面三天的人，拋出性命呢？還有，我們搜過，他們身上除了布料很好的衣服，以及金戒指之外，沒有任何值錢的東西。」

「再加上死狀很奇怪，所以你認為是謀財害命，假佈成殉情？」

「大大的有可能啊律師。只是，誰會這麼大費周章地殺這兩個人？」

「嗯，我可以碰他們吧？」

「請。」田邊伸出手來，示意請清藏律師檢驗屍體。藤野正要阻止，卻又先被田邊使了眼色，要他靜觀清藏律師的一舉一動。而我也死盯著清藏律師碰觸過的每一個部位，企圖學會他的推理方式。

「南無阿彌陀佛！」清藏律師把錫杖和斗笠交給我，雙手合十默念一聲佛號之後，才蹲下去檢查屍體。清藏律師首先碰的，是女屍的脖子。他的手一摸，我才從清藏律師活人的手與死屍的脖子這兩種不同膚色，看到女屍脖子上有淡淡的紫色像藤花盤纏的痕跡。我倚著錫杖，發現自己的疏忽大意竟然和這些自負自傲的警察一樣，差點沒摔倒在地。

「這是勒斃致死的痕跡，應該也是女人主要的死因。女人手上沒有用棉布巾包捆，所以是先死的一方，而這男的正確死因，如果沒有驗出外傷的話，應該就是溺斃了。女人沒有那麼大的力氣，用腰帶就把男人勒死，只可以確定女人的拉扯的確讓男人無法掙脫腰上另外一條打了死結的麻繩。」清藏律師拉了兩下他們腰間的麻繩，似乎還有快一隻手臂寬度的空隙，應該只是象徵性地把雙方綁在一起而已。

「男屍沒有勒痕耶。」田邊學清藏律師翻動男屍的脖子。這麼一左一右地拉扯脖子，兩具被綁住的屍體更展露出一種誓死也不願分開的動態感，腐爛的肉在腰間的麻索仔底下，扭轉牽扯出一段麻花似的舊情。

清藏律師還輕輕掰開了兩個屍體的嘴巴，很仔細地看了他們的口腔，便說：「這裡頭都還有很多河沙，所以他們是自己走到河裡，而且還掙扎了好一陣子才死去。如果是被殺棄屍的話，人都沒氣了，丟到河裡，嘴裡頭是不會有這麼多河沙的。」

「所以，是女的先被掐死，然後男的才抱住女的一起殉情？」藤野在旁邊看著看著，很快就想給這起命案下結論；而且這也能解釋男子的手為什麼會呈現蓮花狀，就是因為他掐死了陳金快。但清藏律師和一般人不同，一般人只顧著把案子偵破，幾張文件蓋上戳記就算結案了。清藏卻認為有更多需要注意的細節。

身為警察的藤野不想把簡單的兩人殉情，弄成第三者謀財害命的案件，那對於社會風氣的影響太大，搞得人心惶惶，也會讓他們警界顏面無光。但幸好有田邊出面，他畢竟是長期和清藏律師來往的檀信徒，也是仰慕清藏已久的警官，他也把破案真相放在首位，個人或警界的榮衰名譽倒是可以壓在其下。

「嗯，要赤手掐死一個女子，應該難不倒這位男施主。」清藏律師說完，起身，看了看男屍，又看看藤野，卻只笑出哼哼兩聲。

帶人證回局裡作筆錄的警察又回來現場，他們這次多帶了一名法醫，手邊還提著公事包。

「噯呀，怎麼是你？」那名法醫看到清藏律師，雖然頂著大光頭，卻還是認出他來了：「原來你真的出家了。」

「是，好久不見。」

「自從你退休之後啊，法醫科的人都在問我，能不能請你來當客座教授。」

「不了不了，現在的生活比較好，而且我還能當半個自由的法醫。」清藏看看田邊和藤野，似乎就是要有便宜行事的警察，對清藏律師而言生活才有樂趣。

「那這次的案子，你有什麼想法？我聽說有個和尚在這邊，斷案如神，警察署也經常私底下尋求他的協助，就猜到可能是幾年前傳說已經出家的你。」

清藏律師沉默不語。看著這四名警察和一名老法醫同事，都在等待他的答案，不由自主地又哼哼笑出兩聲來。

「我要知道，這個男的是什麼來歷，還有，我要到陳金快的房裡看看，才有辦法繼續推斷下去。」

田邊趕緊拿出檔案，按上面寫的內容唸著：「男的叫吳皆利，從商，三十七歲，台南人。」他還把吳皆利生前的照片拿給清藏律師看。

清藏律師又蹲了下去，碰了碰那綁在手上的棉布巾，說道：「我可以把這棉布巾拆下來嗎？」

「那也等我鑑識完吧，阿清。」那名法醫對清藏律師這麼說。

「喔，不好意思，忘了今天有真正的法醫在現場。」那法醫雙手在屍體上掃過一遍，當然也發現了女屍脖子上的勒痕。但是他找不出新的線索，若有所思故作其態地點了點頭，同意讓清藏律師把男屍手上的棉布巾給拆下來。

「看來，這條棉布巾才是破案的重點。」清藏律師大言不慚地說，連我也替他捏把冷汗。我是賣雜貨的，再清楚不過那只是一塊車有紅色小滾邊的普通純白棉布巾，女孩子用來擦臉上的胭脂脫粉；或者陳金快不勝酒力的時候，必須用它抹去嘴角的穢物，才好繼續和恩客交陪。

「這條棉布巾，是跟秀仁你買的，對吧？」

「照理說應該是，因為這條路上都是我的管區。」講到「管區」這兩個字未免讓警察大人汗顏，不過通常我都是比他們先碰上事件，或者比他們先偵破案情的那個人。

清藏律師把棉布巾攤開來，上面有幾塊粉色的汙損，應該就是胭脂的殘色：「如果這條棉布巾是陳金快的，我希望警察大人給我一點權限，可以到鳳凰閣裡，去陳金快的房間蒐集線索。」

「這種事情是我們警察負責的，律師你只要把評斷出來的結果給我們參考就好了。」藤野警察有點不耐煩，想從清藏律師手裡取回辦案的主導權。藤野秉持的只是警察的辦案規則，本來找一個和尚來參與案情的討論就有失警察顏面，更何況還有一個賣雜貨的我在旁邊。我看得出來，藤野一度想把我再趕回河堤上，但是清藏律師卻說：「有秀仁在，事情會更好解決的，放心。」如果不是清藏律師的法醫出身，可能連他自己也保不住在現場的發話權吧。

「那我可以看看你們作完的筆錄嗎？」藤野才拒絕一個無理要求，不想清藏律師又來第二招。聽到這裡，差點沒有喝斥他以一個平民的身分，妄想做警察的工作。但也是被田邊壓了下來，他拉著藤野到一邊去，講了好些話。還看到藤野瞪著眼睛，手裡不斷揮舞，很抗拒的樣子。但田邊不放棄，終於，藤野偏著頭，右手擺一擺，意思應該是隨他去吧。

「這樣吧律師，我們的重點應該是破案，在這裡可能不方便，回局裡嘛，又怕被人家閒話；不如，我們去律師你那邊，可以嘛？」田邊警官說的這個「那邊」，講的就是松本寺。

「好，那麼，就由我帶路吧。」律師從我這裡接過錫杖斗笠，邁開大步，四名警察一位法醫，還有拉著攤車殿後的我，七個人，走往松本寺。

下午兩點，正要離開運河的時候，葬儀社的人終於來了，他們把兩具屍體分開，各自抬上兩片木板，用白布蓋著運回葬儀社。其實他們的屍身沒有想像中的難分難捨，只是那麻索仔的死結不好解開，綁的時候應該出了很大的力氣，繩頭是綁在吳皆利的腰後，也就是陳金快負責綁好吳皆利，吳皆利負責掐穩陳金快。

果然是情深恩厚的死法。

後來把一段小鐵絲塞進繩結之中，幾個人用指甲前端撥弄掏抓了十分多鐘，才終於解開。清藏律師手裡的棉布巾，也是費了一番功夫解下來的，現在綁在錫杖尖端的鐵環，任憑風吹晾乾像面小白旗招搖著警察的敗北。

「就姑且當作招魂的幡吧，南無。」這樣的要求，警察也不便說什麼。律師一路頌咒，領著所有一切人鬼，循著我剛才去找他的路，再度回到松本寺。

「請隨便坐吧，我去泡茶。」清藏律師底下沒有弟子差遣，整座松本寺都是他自己一個人打理。我來作客的時候，通常都是和清藏律師輪流泡茶請對方；而我在外頭有時候買到好一點的茶葉，就留在寺裡當作是聽他說故事的回報。

「那，我們就開始吧。」清藏律師幫每個人都斟上一小杯我從大稻埕買來的烏龍茶之後，自己先喝了半口，才悠悠地說：「首先，我必須說，在沒進到陳金快的房間之前，關於案情，我都只能根據筆錄做一些我自己的推論。」

「好，但我也希望在座的你們都能保證，這些資料看過就必須忘記，不能把任何消息帶出這間方丈室。」一看大家都同意這個規矩之後，藤野才慎重其事地把筆錄，交給律師。其實某些社會架構裡，還蠻需要他這樣照規矩來的人。像自我封閉的軍警界，應該都很喜歡這種一個口令一個動作的下屬，比較能保守祕密，不會製造風波麻煩。

老漁夫只是說他如何撈上那兩具屍體。

雖然是第一目擊證人，可是老漁夫和整起事件的關聯太小，清藏律師翻一翻，就擱下來，改翻鳳凰閣老娼頭的筆錄。

老娼頭的筆錄比老漁夫的來得重要得多：

「昭和二年，四月十五，陳金快身體不適跟我請了一天的假，悶在房裡連飯都沒吃。前一天接待的是從商的客家子弟，我記得，她還很開心地唱了幾首聽不懂的山歌。

不，那不是吳皆利，只是剛好都是客家人。

四月十六到四月二十，每天中午，陳金快都跑去神社參拜，然後帶了很多零食點心回來。因為去的時間不長，而且中午鳳凰閣沒有開張迎客，我就隨她去。我後來感覺奇怪，二十號中午就有派人偷偷跟蹤她。而她的確，是去神社參拜，社裡的人也說她連著好幾天都來。

四月二十一日，與她殉情的吳皆利第一次到鳳凰閣做客。

是的，我很確定是第一次，因為每個客人的臉孔就算我記不住，小姐們也會想辦法認得。他一進門，就點陳金快。不是點名字，是他招手說要：『這一位就好。』陳金快沒有拒絕，我當然也答應。

他們應該是第一次見面吧，聊些很生疏的話題。不過，有提到十五日有位客家子弟來光顧的事情，還約定有機會要一起見個面。

四月二十二日，陳金快在打掃她的房間。很大聲響，也一直在唱歌，但是沒有人上去看過。晚上沒接客，她沒說原因。這天嗎，沒有，吳皆利沒有出現。

四月二十三日，陳金快連著幾天似乎心情都很好，但都推說身體真的很差。自己在房間唱山歌，都唱同一首。什麼二姐，什麼虎邊。喔，有聽出一個詞，好像是在講紅羅，就是紅布巾吧，應該是想要嫁人的歌。不是台語唸的『尢鑼』，客家話的發音跟台語的『洪濁』很像。是的，應該就是這條〈洗手巾〉。（警方找來一位客家人，回想一些有相關歌詞的歌，唱給老娼頭辨識。）

四月二十四日，她說身體愈來愈怪異。一整天都沒聲沒吭，飯也沒吃歌也不唱了，等到開門去看的時候，不只人不見，什麼珠寶首飾、綢緞錦羅也通通消失。她的房間現在空蕩蕩的，一隻蒼蠅蚊子都沒有。

四月二十五日，早上八點左右，聽到外面吵鬧，跟著去看才發現大事不妙。」

「陳金快的房間裡，還有一些東西吧？」清藏律師對於房間裡的線索很在意，緊咬不放。

「有是有，但是單憑我們四個人，也不能放你進去蒐證。」這次田邊也說話了，無論他多麼確定這不是普通的殉情，但也不能因為這樣就放著讓支持他看法的局外人士介入偵查。

「嗯。」清藏律師看完所有的筆錄，但還有一份足令我沾沾自喜的，就是阿芳的口供只有我和清藏才有，我相信律師應該也很快就把線索連起來了。

這個吳皆利，早就認識陳金快，只是在言詞上偽裝不熟，不讓老娼頭等人看出來他們的關係。而他到阿芳的春紅樓，就是關鍵。因為陳金快原本是春紅樓的人，他到那裡，才知道陳金快已經跳槽，不得已隨便點了個年輕女孩的檯。當然也從阿芳那張大嘴巴裡，知道陳金快現在人在鳳凰閣。

不過，我和律師都不會出賣阿芳，繼續佯裝什麼都不知道。

「我可以說這個吳皆利，應該和陳金快有通信吧？」清藏律師只是這麼一講，田邊藤野兩人對看一眼，不敢回話。清藏律師對於話術的掌握，在法醫時代應該就有自己的一套了；等到當上升座說法的和尚，似乎又有更高明的技巧。

四名警察聽他的敘述，不是點頭，就是搖頭，關於開口反駁，根本無地置喙。法醫同事看清藏律師神采依舊，又撇過頭看了我一眼，露出了滿意的笑容。那笑容像是在說：「他年輕的時候就這樣子，現在火候更足了。」

「我也知道你們的難處，好吧，如果還有新的發現，再互相通知對方吧。但這條棉布巾可以放我這裡吧？」清藏律師想想這幾個警察的權責都很小，年紀也蠻輕的，應該是決定不了這種大事情；既然都讓我們看過筆錄了，也就不繼續刁難他們了。

「你們不用緊張，反正要破案是你們的工作，不是嗎？因為陳金快在看到吳皆利之前，心情就異常地好，所以能想見吳皆利應該有和她通信，告知她，將要和她約會，可能是要贖她。又或者，陳金快有我們所不知道的打算，例如把殉情當作一種解脫之道。但總之，可以證明陳金快和吳皆利已經熟識一段時間了。

而至於吳皆利的信呢，他都是拜託人把信傳給陳金快，不是用寄的吧。只是不知道什麼緣故，陳金快可能從頭到尾都沒在信裡提過從春紅樓轉去鳳凰閣的事情。所以這吳皆利絕對是從外地來的吧，那麼就和本地的什麼劫殺凶殺沒有太大的牽連了。至於傳信的人啊，應該就是早前幾天去點陳金快的客家商人吧。」

「律師大人，您真的太神準了。」田邊不由得大呼連連，只好把那份筆錄之後的物證資料，都攤出來給我們看。而這次，藤野總算認輸不再攔阻了。

「搜得陳金快與吳皆利通信，共有十封，時間自大正八年起，昭和二年止，共七年餘。內容俱陳如左……

按信中內容，可以知道他們兩個實際的情侶關係，自大正八年陳金快被賣之後，即告中斷；但依然通信報安，並約定他日再逢之機，千萬努力生活之云云。信件皆由吳皆利同鄉吳統帶到陳金快處，回信亦同。」

「搜得當票乙紙，面額七百圓，時間是昭和二年四月二十二日。」

「搜得棉布手巾乙條，與死者吳皆利手上所繫相同，惟水痕多有，較為陳舊，還長有一兩處細小的黑黴。」

總共三樣證物，雖不如鳳凰閣娼頭說的「蒼蠅蚊子」都不剩，只可惜那張當票因為身分不符，無法兌換。這個老娼頭，表面上看是人財兩失了，但誰知道會不會有買春客慕著這樣牡丹花下的名聲而來呢？

「到這邊，你們還沒辦法斷定，這是什麼樣的案件嗎？」清藏律師把資料闔上，還給茫然的警察們。

他覺得很不可思議；而我和四位警察以及法醫，才是真的摸不著頭腦。光憑鳳凰閣娼頭的筆錄，還有三樣物證就斷定案件的原委，究竟是如何辦到的？

「算了，畢竟我這都只是推斷的，實際上你們警察沒有確切的證據，應該不會相信我的話，這樣吧，你們想辦法，去找到那個早了幾天拜訪陳金快的客人子弟，問他個清楚明白吧。」清藏律師說完，自顧地起身，拉開方丈室的紙門，作意要送客了：「不過，要快！」

「那，我們就先告退吧。」法醫同事知道律師的為人個性，帶頭領著四位警察離開。我卻是厚臉皮地悶坐在榻榻米上，八風不動等著清藏律師給我點破。

「我知道，你也想找出盲點，但我現在說得再多，都是一種純然的猜測。就算有理路邏輯，但沒有證據，就只能是一種瞎猜胡矇。」

「現在還缺什麼？我去找出來。」我都沒想過，這其實也是清藏律師釣我入甕的一種手段，憑著我的好奇心，讓他可以輕鬆地網羅到各種證據，然後坐享「法醫退役破案名僧」的封號。但，與真相相比，這些就像是甘願被偷走的牙刷面巾，都不算什麼了。

「我需要親身進去陳金快在鳳凰閣的房間一趟。」當他這麼說的時候，還摸摸那光光的腦袋。很難得可以看到清藏律師的行徑，不小心暴露出他自身的心理狀態。他也想到以和尚的扮相身分，走入紅燈妓女戶，實在很不仳配。

「那我該怎麼幫忙？」

「你知道陳金快住哪一間嗎？」

「嗯，如果風聲沒錯的話，鳳凰閣的老娼頭讓她住在看得到運河的那面，景色採光都比較好。」

「鳳凰閣有四層樓，你能確定是哪層樓的哪一間嗎？如果只從外觀看，分得清嗎？」

「可以，我去問幾個酒客就知道了。」

「那你快去問，最好今晚就能有所行動。嗯，我擔心的事情很多，但今晚絕對是個關鍵。」

清藏律師看來是想趁著晚上潛進鳳凰閣，可是鳳凰閣愈晚，裡頭的人愈多；要怎麼掩人耳目地翻箱倒櫃找線索呢？

「誰說我要潛進去？我要光明正大走進去。你快去幫我問問人吧。」

「問到以後呢？」

「要砸破她的窗戶。」

「這樣做，甘好？」

如果任何人順手拿起石頭砸破陳金快的窗戶，唯一可以推斷的就是有人想破壞現場。而這個人不會是一心追問現場原貌的清藏律師，極有可能是，這兩個殉情的人以外，還有第三個人知道這件事情，例如吳統。再者，砸破窗戶的聲響很大，鳳凰閣必定有一陣騷動，而警察們也會趕來。清藏律師到底想什麼，我也無法揣度了。看來我和他之間真的還有一段距離吧。

「你照做就對了，快去吧，我也要整理一下，準備出動了。」

這是犯罪啊，我心裡頭百般不願，但清藏律師的破案手法巧妙，心思細膩，迫於知道真相的我也不得不從。

如果說殺人犯的背後有一種動力，逼使他不顧一切代價，動用所有心思來取人性命，那我則有和殺人犯一樣的心態，只是用在破案上，不計任何後果，直往死窟裡探。

「喊玲瓏，賣什細。」拉開嗓子大聲叫賣，就和平常的日子一樣，來到貸座敷與藝旦間集中的新運河邊。

招牌的燈已經打亮起來，春紅樓、鳳凰閣、江翠軒、寶美樓等等各種妓女戶與酒家櫛比鱗次，排成一片粉潤的夜色。有的吃酒聽曲，有的直接開房間，總之各種消費層級都有；我的生意卻特別好，好到差點沒辦法執行清藏交代的任務，得沿街推掉不少生意才有辦法繼續前進。

我拖著人力車，先試問了幾個經常在妓女戶附近晃盪的醉漢；他們沒錢上燈紅酒綠的藝旦間，都在對面的小吃攤和麵攤，偷看哪一家哪一戶的頭牌走出來提酒，或者送恩客離開。陳金快的事情也成為他們佐酒的小菜，開始討論自己看過她幾次，或者有人還故意裝醉顛步撞倒在她的香懷裡。

「你足變態，哈哈。」他們聽到我還在問這個死人的行蹤，先是一陣哄笑，然後帶著濃厚的酒氣噴散在空中。如果告別式可以佈置出繽紛的歌舞歡笑，我想陳金快怨苦的一生總算是有點好的結局吧？人的結局都是一樣的，而陳金快和普通人的生活則有一段很遙遠的距離，因為很難產生嫌隙或矛盾，人們在事件發生之後，除了錯愕，意外地會有很多歡笑聲，都是討論到她貌美、有禮貌的那些好的面向。即使那些讚美都來自陌生人，然而被轉賣的女人想都想不到她死的時候會被人注意到她甚至是讚美她吧？或許好幾次暗自感嘆這多舛的命運，埋怨就連花落土的那一日也無人知曉、無人憑弔的時候，壓根兒想不到自己會有這天吧。

「喔，我知影我知影，你背對河堤那邊，看過來，左手邊間的二樓那扇窗戶，就是陳金快的房間。我，我有時候啊，在那邊的暗巷裡放尿，會看到她拉開窗簾，在窗台上看運河、想事情。」

「你確定？還是有誰看過別的？」

「應該是那間沒錯，有一次，她在窗台上擺了一個柴板，好像在燒香；我看到她閉著眼睛很誠心地唸啊唸，不知道在拜什麼。那天也不是七夕，也不是，總之不是節日就對了。」

「聽人家說，陳金快很信拜拜，神佛什麼都拜。可惜沒有什麼保佑就是了。」

「感謝感謝，大家後擺跟我買什細，可以給你們打個折啦。」

「啊，這麼好，來來，乾一杯再走。」

我承著盛情，喝了一杯麥仔酒。這些酒客平常都扛米扛磚，做日薪的零工；如果飯菜都吃粗食，有時候搬五天就賺夠自己一個月的酒錢。說實在雖然不富貴，可每天都帶著三分醉意，好不逍遙自在。

「喂，你。」走在街上，日本警察田邊看到我的出現，又喊住了我。一心想著作案的我，心跳突然加速，不知道他又想問些什麼。

「警察大人。」

「嗯。後來律師怎麼說？」

「喔，他就說，等你們的消息吧。希望快點找出吳統，問個清楚。」我擺出無可奈何的臉色，兩手一攤。我知道所有祕密都會從人的眼神或表情乃至於肢體動作顯露出來，所以我特別注意每個人說話時的神色，當然包括自己的。如果有祕密的時候，我反而會強迫自己故作輕鬆，務求構成一種蠻不在乎的不耐煩姿態，讓看的人覺得我懶散，而沒有任何威脅。

「他都不打算動作？」

「沒有，聽說幾天後又有法會，他應該也忙吧。」

「好吧，打擾你的生意了。告辭。」

「順行。」我再一次鞠躬，送走田邊的背影，確定他轉到路的盡頭處時，還多等了兩分鐘，才起步轉往我的目的地——河堤邊的巷弄。

抬頭看看鳳凰閣，有點燈的房間裡，似乎可以看到成雙成對的人影晃動。有幾間房間沒點燈，包括酒客們說的那間二樓的房間也是暗濛濛的。但那些沒開燈的房間，窗戶都是敞開的，所以房間的主人可能還會進來；只有傳聞中陳金快的房間，整扇窗戶緊閉。大概是主人再也不會回來的關係。從一樓望上去，窗戶的木框似乎還上了鎖，深怕沒人住，反而會成為宵小覬覦的漏洞吧。

我相準了那扇窗戶，也確定沒人在四周，隨手摸了顆稍大的石頭。長年拉人力車賣雜貨，我對於臂力的信心也是接受清藏律師安排計畫的原因之一，因為我知道我辦得到。

不偏不倚，一口氣砸破了陳金快的窗戶。

不好意思，還在妳死後叨擾。

鳳凰閣裡忽然一片驚叫聲，酒杯碗盤被慌亂的腳步踢倒摔破的聲音也從裡頭傳出來。我沒時間等著看那些酒客妓女奪門而逃的畫面，拉起人力車，一個勁兒跑出妓女戶密集的地帶，跑到烏橋仔的另一邊。陳金快被發現的地方是烏橋仔的北邊，妓女戶也都聚集在烏橋仔的北側；我一跑過南側，在一排尋常的民房之間，繼續扯嗓叫賣。

早上的事情大家都還心有餘悸，因為除了殉情的說法，沒看過筆錄物證的民眾們都推論是：「吳皆利這幾天才到台南，誰會為了他自殺？或者說，他怎麼會為了同樣才見過面幾天的陳金快自殺？」

這些說法的背後，指向第三個人涉案的可能性，所以連知道案情的田邊也出來一邊巡邏，一邊追問吳統的下落，希望藉此穩定人心。他雖然不確定是否真的有兇手，或是兇手所求為何，但他粗略地認為，兇手在這起案件以外，應該不會鎖定其他無辜的人犯案。只是鳳凰閣既然被盯上了，大家在尋歡放縱之際忽然聽見破碎的巨響，猶如驚弓之鳥，奪門而出都是人之常情。這期間，可能只有知情不報的春紅樓阿芳一干人等，莫不作聲地看著自己的對手一波未平，一波又起而感到歡快吧。

而在我過了烏橋仔，穿梭民房的時候，另外一台改裝過的人力車，沉穩的腳步踩著深黑的道路迎面而來。

「修理玻璃，修理窗仔門。補紗窗，補紗門。」他拖的人力車上，有兩三面乾淨的玻璃窗子，用麻繩十字交叉綁著。還有一箱手提工具，掛在鐵鉤上隨著他拉車的頻率晃動著。他穿著白色汗衫，頭戴竹笠，脖子上掛著白棉巾，穿黑褲子黑鞋，扮相很乾淨的一位作工人。

「你好。」

我和他打了照面，從竹笠裡看到他的臉，才著實嚇了一跳；這不是清藏律師嗎？臉色黝黑，竹笠下的頭髮有點稀疏，鼻子特別高挺，下巴的戽斗和倒八字嘴的口形，看起來有點苛刻，都不像是清藏律師和藹的臉孔。我雖然還在犯案逃命的餘悸裡，卻依舊能認得出他來。

「噓，真是，被看出來了嗎？那我的易容技巧還有待加強呢。你默默跟在我後頭吧。」

讓我打破窗戶，自己又扮成一個修補窗戶的人來，這為的不就是進去陳金快的房間嗎？我也不慌忙，把車子一個掉頭，默默地跟在修玻璃的人力車後面。也不叫賣了，拉下木頭格子門把所有雜貨收藏在車棚裡的意思，就是今日打烊。

「修理玻璃，修理窗仔門。」

鳳凰閣外頭擠了一群人，剛才巡邏的田邊先生也在，老娼頭遠遠看到載著玻璃窗的人走過來，也招呼他來湊熱鬧。

「你啦，你來幫忙，看修窗仔多少錢。等一下，警察大人看過之後，趕緊幫我們把窗仔補上去。」老娼頭揮著手絹，把那個修玻璃的人叫到人群中。

我刻意走在人群外，不想被田邊先生看到，但還是不忘觀察著那個扮成修玻璃的清藏律師。這絕不是巧合，玻璃才破掉，修玻璃的就來到現場。我想田邊先生應該也會覺得納悶，甚至不想讓鳳凰閣的老娼頭這麼快把玻璃補起來；但是在鳳凰閣裡搜查檢證的警察出來報備，手上拿著我剛才丟進去的石頭，好像除了這個之外，沒有其他可疑的線索了。

田邊沒奈何，就讓修玻璃的進去鳳凰閣了。

「嗯，又發生事件了嗎？」我對著人群不經意而且沒有對象地隨口說問了一句，儘管心虛，還是強作鎮定。

「好像有小偷吧，跑到陳金快的房間裡去。」

「喔？這麼稀奇。」我和圍觀的人一樣，不知道房裡面現在的情況如何。不對，圍觀的人他們知道，那不過是個修玻璃的，大家也聽到他說，陳金快的門板被撬過，他順便可以修一修，不算錢的。老娼頭聽了當然歡喜，就隨便讓修玻璃的把門關上、打開、而後關上，只傳出一陣忙亂敲打的聲響。

不過，那也只是他們自以為知道，那是修門修玻璃的聲音。

「修好了！」隔了十多分鐘，清藏律師再把門打開的時候，老娼頭趕緊跑到窗邊去看，是哪個傢伙從什麼地方亂丟石頭上來。她當然什麼都看不到了，但還是惡狠狠地盯著巷弄裡面一小方芒草土石混雜的荒地，氣不過有人這樣捉弄她。

田邊警察還是沒認出清藏律師，看樣子，是我對律師太熟稔的緣故。清藏律師只和我對了一眼，就拉著車子往松本寺走。

我趕緊跟上前去。

「案子，已經破了。」

「破了？」

「嗯。我們晚了一步。」

「線索被警察帶走了嗎？」

「不，警察也晚了一步。」

清藏律師從此便沒有再多說什麼，我們兩個沉默地拉著兩台車，回到松本寺，走進山門的時候，大概是晚上十點左右了。

我和他在方丈室內對坐，他臉上的表情不是很好，深鎖著眉頭。但不是有疑難的苦思模樣，而是一種哀傷慘然的神態。他泡了一壺茶，也幫我斟了一杯，我們漠然對飲了一個鐘頭，幾次想開口講話，他就先一聲：「唉。」我只好把所有想講的話，又塞回肚裡。

我冷靜地回想今天這一連串事件的始末。

根據老娼頭的口供，陳金快和吳皆利的初遇是在鳳凰閣裡。關於這點，我原本認為陳金快可能在前面幾天藉口拜拜的時候，早就和吳皆利見過面了。現在發現了情書，可以判定他們是一對相好，只是其他人被矇在鼓裡而已。至於這兩人決定一同赴死的原因是什麼呢？吳皆利如果四處行商，為什麼不把陳金快贖出鳳凰閣就好了呢？

我的疑問只放在肚子裡，而清藏律師拿著那條棉布巾，一下子攤開，一下子圈起來打一個結，又套在自己的手上。就這樣玩了好一陣。

十一點，方丈室的紙門，再度被「啪」地無禮地打開了；這次我坐在室內，原來室內的人根據開闔門的小動作，真的很容易就會察覺出人的來意究竟如何。那種臨場感果然不可言傳。

是田邊警察。

「吳統自殺了。這是他的遺書。」

「嗯。」清藏律師若有所思地喃喃著：「你們也在河裡發現他了嗎？」

田邊警察聽到這裡，也和我一樣臉上充滿狐疑。清藏律師似乎早就知道事情的前因後果了。

「你知道了？什麼時候知道的？」

「你應該覺得很奇怪吧，怎麼還有人想破壞陳金快的房間。所以你就再一次地仔細檢查。」

「是你！」

清藏律師低頭不語，沒承認也不否認，神色依然憂愁。田邊警察從文件袋拿出遺書，不知該不該讀；我按耐不住的好奇心終於噴發不可收拾，一把就從田邊手裡搶過了吳統的遺書：

「吳皆利是我殺的。
不關金快的事。

金快她和吳皆利兩個人情投意合，書信傳情了許多年，都是我在跑腿。吳皆利他這幾年生意失敗，已經沒有錢可以像他說的那樣，把陳金快贖回來，所以我提議，幫他們兩個人私奔。當然，我會從旁協助。站在一個同鄉的份上，我幫忙這些都是應該的。

但你們能相信嗎？陳金快卻說她願意嫁給我。我不知道是不是陳金快貪財好利，亦或是她和吳皆利有了嫌隙，反而對經常替她送信的我動了真情。你們要知道，許多年，我想應該有八年？還是七年？一個不曾見面的男朋友，就跟公媽牌是沒兩樣的。但總之，陳金快在知道吳皆利沒錢之後，就決定跟我。我也是商人，但我生意很穩當，要贖她是很容易的事情。

只是，關於吳皆利來信要跟她重逢這件事情，我們必須做個了斷。方法我來想，我來承擔。

吳統　絕筆」

「就這樣？那他為何又要自殺？」我看不懂吳統跟吳皆利這兩個人，與陳金快的關係究竟發展成什麼樣子。

田邊看了一眼清藏律師，田邊也曾懷疑過，有可能吳皆利早就已經死了，是吳統模擬他的筆跡、扮成他的樣子繼續親近陳金快。但是在運河又打撈到一具男屍之後，這樣的質疑就自然消解了。

「陳金快房裡那條很多水痕的手巾，就是用來做實驗的。被實驗的人應該就是吳統，在水盆裡實驗綁緊之後是否能掙開。但是吳統掙不開，並不代表吳皆利就掙不開。」

「怎麼綁？」我記得看到手巾的時候，已經像個手環一樣是掛在吳皆利的右手腕上，綁成那個樣子要如何阻止吳皆利掐死陳金快呢？

「來，這樣綁。」清藏律師要我雙手合十，然後他拿著手巾，從我拇指的根部開始綑，最後在我小指的根部關節打上死結：「你掙脫看看。」

我試了一下，儘管我對自己的力氣很有自信，但這樣綁實在無法脫手。

陳金快在樓上邊洗著手巾，很殘忍地反覆唱起那首情歌打趣消遣的模樣，不由得讓人心頭一陣惡寒。鳳凰閣好幾天來都聽到陳金快的歌，原以為她心情好，誰都想不到是惡毒計謀的進行曲。

「當吳皆利發現不對勁時，雙手前後搓動，就把這條手巾硬扯到右手腕上，拜沒有小指之賜，他騰出了左手，所以才能把陳金快掐死。」清藏律師說著說著，咳了兩聲後，把這些證據背後的意義說清楚：「那張當票，就如吳統所講，是用來取信於吳皆利的。他們打算處理掉吳皆利之後，再把當票裡的東西贖回去。而放在鳳凰閣的用意，應該是陳金快也不能完全信賴吳統吧。如果娼頭問起房內的家當，她大可以拿出當票和大把現金，告訴娼頭那些寶貝隨時都可以贖回，要娼頭別擔心。這樣娼頭才不會去報警察。

陳金快是個聰明的人，更確切地說，她是個不相信任何人的人。她跑去神社又跑去當鋪，連著四天都是如此，因為她知道娼頭會派人到神社查證；為了取信娼頭，以便跑當鋪的時候不會露出馬腳，陳金快應該在神社停留了一下子，就是要讓大家對她有印象。」

「卻沒想到吳皆利掐住陳金快，陳金快一時沒有辦法，只好弄假成真，也勒死了吳皆利。對不對？可是，律師你剛才在房內找到什麼，讓你的表情這樣難看？」我自以為聰明地理出來的卻只是二十四日晚上的情況；但真正困難的點在於十封信、手巾還有當鋪的票據，如何能斷定事實真相？

光憑這三樣東西要怎麼證明陳金快和吳統相戀，拋棄吳皆利？

「你問問田邊吧，他應該是先找到了東西，才展開運河的捕撈作業。」

田邊從那個放了吳統遺書的資料袋裡，拿出了一小顆圓球。說是圓球，但其實並沒有很圓，有點橢圓，顏色呈現深褐色，乾乾皺皺的，像一小截咬了半口的陳年老蘿蔔乾。

「這個，這是人的小指，不知放了多久，都乾掉了；就跟吳統的遺書一起藏在陳金快的枕心裡。我們的人搜了幾趟，都漏掉這樣重要的證物，要不是有人砸破陳金快的窗戶，讓所有人又重新懷疑現場、重啟調查，很難發現這兩樣東西。」

「為什麼？這手指代表什麼？」不只我問，就算已經要在明天宣佈偵破案件的田邊，其實也很懷疑手指頭與其他證物的關連性。

「主要當然還是那些信，只是這截手指頭象徵當時陳金快與吳皆利初識的濃情蜜意，他們畢竟曾經難分難捨到肉體無以附加的地步。這也許是吳皆利痛下決心切下來立誓的吧！指詰め是用來發毒誓的不是嗎？但是，曾經這樣愛得難分難捨，難道不希望隨時知道對方在哪裡嗎？陳金快在信中對於春紅樓轉到鳳凰閣一事隻字未提，害得吳皆利跑錯地方，這豈不是很可疑的嗎？」

清藏律師一講開來，我們才發現這個看起來像是吳皆利和陳金快通信保密的技巧，實際上卻是陳金快一人主導的死計：「而手指頭的關聯性，和吳皆利離開陳金快的這幾年有關。我認為吳皆利應該在外地也有過妻子，這點，田邊警察你不妨去調閱戶籍看看；手戴金戒指只是我的一個推論，而他也應該離開了妻子，又為了要和陳金快繼續相戀，他就乾脆剁下手指頭立誓賭咒。所以陳金快才會留著那節手指頭，因為她知道無論將來要離要合，這都是很好的籌碼。當然啦，陳金快啊，她可小心了。在她死後，除了警察應該沒有任何人進去她的房間吧？既然如此，那這封遺書很顯然是她叫吳統事先寫好的吧。發生了這樣的慘劇，吳統知道警察終究會找上自己，所以就畏罪自殺了。」

清藏律師把所有的證物都賦予新的意義，並且串聯在一起。但這當中的線索，其實，只是一個青樓女子對於愛情的不信任所可能做出的各種行徑。我不知道以一個佛教律師的身分，怎麼那麼理解陳金快的想法。

想清藏律師年輕時候，多少也應該放浪過吧。

「不過，還有一個破案的關鍵，卻是陳金快自己口快洩漏出來的。就是關於那首山歌〈洗手巾〉：

與姐呀河邊洗手巾，洗呀洗手巾。
裙釵哪跌落介水中心，水呀水中心。
那位相公撿得到，紅羅帳內，紅羅帳內。

哎唷，結成親噢，結成親噢。

這首歌，豈不就是陳金快周旋在兩個男子之間的心聲嗎？當然，吳皆利在春紅樓也點了這首歌。或許是巧合，又或許，陳金快和吳皆利本來就是以這首歌定情，而陳金快卻很機警地用了這首歌，羅織了這條狠毒的計策。」

最恐怖的就是，明明知道情況不利自己，卻照著某人的計畫前進。不到生死關頭，不能判定輸贏；這不僅是賭命，還是一種比設計他人更佈局機深的將計就計。沒有豁出去的人，都是蓋不起這種城府的。吳皆利也是，陳金快也是。

隔天的報紙，大頭條就是：「無情運河埋艷骨，一坏黃土斷癡魂。」裡面詳述了這對情侶的私奔和殉情，如何淒美，怎樣銷魂。這在我看來全是虛假的故事，但卻是田邊和藤野他們默許之下，放送給記者的消息。謀財害命這種事情，真的很不好意思讓大家知道。吳統自殺的新聞則是在背面一個小小的欄位，說他經商失敗，羞愧自殺。

清藏律師替他們三人都唸了佛事，連續七天，運河邊烏仔橋旁，可以聽見梵唄綿綿不絕，焚香的煙塵在河面上繞成了霧，忽爾隨水、隨風而逝。

【本篇完】

# 二林金錶案

# 一

「石大嫂，石大嫂！」

石家的木門被拍得震天響，看看，才不過七點左右，雖然已經有叫賣的聲音穿梭巷弄，但天色猶早，作慣內地買賣的石家，通常是不會那麼早起的。

「是誰啊？一透早的！」門裡只有作聲，沒有開門。

「是我啦，盧仔。」

「啊，是盧章大哥。」聽聞來人是隔壁鄰居盧章，門裡頭才有了拉栓開鎖之聲響：「盧大哥，就你一個人嗎？阿房呢？你們番薯的生意怎麼樣了？」

「我就是為這件事來的啊，石大哥也沒回來嗎？」

「咦！阿房不是去找你了嗎？」石大嫂被問得突然，愣了一下。她的丈夫石阿房，三月七號的時候就帶著四百圓離家了，說是找盧章一起做買賣去。

「沒有啊，我是寫信給他，但我以為他沒興趣，一直沒收到他回信，也沒等到他人。」盧章聽說如此，反倒問起石大嫂：「石大哥什麼時候出門的？」

「七號啊。三月七號，都十幾天了。信他是收了，他跟我說，內地九州的番薯大出，還說要拉個百來斤回來。你信上不是說船跟店鋪都準備好了！是什麼船，他該不會還是想著要買船吧？」

石阿房前陣子吵著要拿兩千多圓去買兩艘貨船，自己跑貨省得搭人家的船，讓人家賺一手。但石大嫂不肯，她問石阿房，那他作了幾年的香蕉買賣，怎麼不去種香蕉？石阿房當場啞然無言。

「不是的，大嫂，他怎麼敢呢？」盧章看石大嫂滿臉懷疑，趕緊又補充道：「是有個熟門路的，他有便宜的船票；人家還在內地找了個寄賣的店鋪。」

盧章的言詞中多少有點包庇石阿房的意思，石大嫂是聽出來了，但她比較擔心石阿房的行蹤。兩個大男人不知道是怎麼約的，竟把人給約不見了。

「他有說，他說要去二林找你，然後才離開家的。」

「啊，他自己搭船，偷跑去了嗎？」

「搭船，那你們本來要搭的，該不會是高千穗丸吧！」石大嫂猛然想起了幾天前高千穗丸沉船的事件，冷汗從頭頂灌到背脊。

「是啊是啊。啊！現在看怎麼辦才好？」盧章說罷，石大嫂一時情急抓住盧章的手，眼淚硬生生滑落下來，盧章趕緊安慰她道：「不如跟我到二林再去問問看，會不會半路上怎麼了？他不一定有上船啦，船票在我朋友那裡不是嗎？」

「好，等我準備一下行李。盧大哥你稍坐。」

「無要緊，這裡等。」

石大嫂擦了眼淚，走進屋內，顧不得心裡焦急，隨手收拾幾件簡單的衣服，抓了兩把玉飾金飾，還有家裡僅剩的兩張青仔欉，就隨盧章到府城車站，趕搭汽車，往彰化驛轉去了。

## 二

高千穗丸沉沒在雞籠山外海，松本寺反常地沒有接到任何案件。連來尋找失蹤家屬的委託信都沒有，大概是覺得沉到海裡，任憑佛菩薩出面都是無力回天了吧。松本寺的住持清藏律師，低調地設了一個靈位，替船上的眾生開示迴向。

不光是高千穗丸的事件，松本寺已經冷清好多天了，我看著是有點悶得慌，但清藏律師清閒地日日暮暮誦讀戒律，勤作功課；因為破案的需要而與世俗諸般交往日漸累積，差點忘記自己是個遠閉塵俗的僧人了。每每席捲著寺外風暴騷擾律師的我，今天卻甚安分地與律師共用午齋，也隨著午供、結齋等儀式行之，漸漸能感受到心緒趨於和緩、平穩。

「好，你說吧，是什麼事情？」我一早就來找清藏律師，但我當時很慌亂，話都說不清楚，律師便要我跟他一起用過齋飯後，平復心情再說。

「是我的表妹。」

「她怎麼了？」

「她的丈夫本來要去內地作生意，但看這般勢，應該是失蹤了。」

我知道用「應該」有點隱晦，於是我接著解釋表妹和我的關係。表妹是跟著我長大的，她的父母雙亡，原是交代給我照顧，所以她從小就跟我住在府城；後來我替她找了一門親事，也是府城人，而且是個來往島上與內地的商人，姓石，叫石阿房，我看兩人特別恩愛，石家的家境又很寬裕，就放心地把她嫁過去了。雖然都同住在府城的地界，我卻不再干涉過問她的生活，除非主動找我排解他們夫婦之間的摩擦衝突。在他們結婚的那天，我訂作了一對金錶，送給他們夫婦作紀念；偶爾聽表妹說起，表妹夫石阿房很喜歡那支金錶，朝夕都不離身，不小心磕碰到了，還會心疼好幾天。

「所以，應該不是尪某感情問題；那他是怎麼失蹤的？」

「我表妹說，她頭家應該是發生船難了。但是她也不確定，她不知欲如何，希望我能幫她查明真相。」

「船難？難道是？」清藏律師聽到船難二字，敏感的神經就被挑起了。

「是，聽說我的表妹夫就是搭高千穗丸在往返內地的。」

「唉，凶多吉少啊。」雖然天天守在寺裡，清藏律師卻沒有放過寺外的新聞與消息：「被這樣一炸，聽說逃出來的人還不到一半。」

高千穗丸的航路從基隆發往神戶，途經彭佳嶼、門司港，最後通過瀨戶內海到神戶，是一班可以運載千人的大客船，平常利用的人就不少；只是，十九日的時候，高千穗丸返航基隆的途中，在彭佳嶼被米國的軍艦擊沉了，船上八九百人罹難或失蹤的消息，在新聞上放送了十多天，所有人都在討論米國的暴行。

「所以我本來是沒多說什麼，打算幫忙安排表妹夫的後事，然後看她要改嫁還是另謀生路也就隨在她去了。可是她說，她頭家是跟著一位姓盧名章的厝邊，約好了一起去買票搭船，結果這盧章自己跑回來找她，跟她說，這一路上都沒遇到她頭家，買票搭船的事情也親像沒發生過一樣。」

「所以就還不確定是在高千穗丸上面。這樣啊。」清藏律師想了想，問我知不知道石阿房跟盧章本來約好的行程。

「有，盧章有寫信給石阿房。」

「信上怎麼說？」

「我是沒看到信啦，信放在我表妹家，內容是她講給我聽的。」

石阿房跟盧章本來預定要從彰化驛搭車，到基隆後買一批香蕉，轉搭高千穗丸，然後在門司港下船，算計著還可以靠著那批香蕉補貼一點旅費：「而且那個盧章還有陪她一起來找我，我稍微問起了石阿房跟他的合夥關係，大致是沒問題，就是有個地方怪怪的。」

「怎麼說？」

「就是，嗯，他帶著我表妹跑到二林去找石阿房。一無所獲，才來找我。」

「為什麼要去二林？」

這也是我顧忌的疑點，為什麼表妹夫跟盧章約在二林碰面；而律師聽完我的敘述，自然也對途中特地跑一趟二林這個地方感到疑惑，二林沒有汽車的驛站，更不靠海，從府城出發要去二林，光是轉車就暈了。

「我表妹說，是盧章的信上這麼說，說二林有個朋友，買到便宜的船票要轉賣，還找了內地的店鋪，所以盧章就跟阿房約在二林的仁和宮見面。」

「嗯，所以石阿房手裡沒有船票，那他上船的機率應該不大。可是，他們不是厝邊嗎？又為什麼不一起從府城出發？」

「因為盧章當時人就在二林。他雖然是石阿房的厝邊，但他在二林長大的，老家就在仁和宮附近，所以他寫信給石阿房，約在二林碰頭。」

我那命苦的表妹跟著盧章跑到二林去，沿著石阿房跟盧章當初講好碰面的仁和宮、取船票的土地公廟、以及轉搭順風車到彰化驛的那間雜貨店門口，一家家詢問、一處處搜索，連路旁的竹林密叢都沒放過。

「都沒有結果嗎？」

「嗯，盧章最後沒辦法，把我表妹送到我家來，請我幫忙。」

「那就是要請我出馬的意思了？」

「拜託了，律師，表妹是我很重要的親人。」

「嗯，我知了，就交給我辦吧。」清藏律師說罷，從袖裡拿出了兩個用懷紙包裹好的米糰：「時間差不多了，先呷茶，呷了跟我來。」

在我們談話的同時，茶具都備好了，鑄鐵小爐燒得滾燙；輕輕一嗅，滿室生香，原來壁龕裡插了一枝野薑，因為屋內水氣翻騰，竟將它的香氛又蒸了幾分出來。沒注意到壁龕上的鮮花，更沒發現律師是什麼時候將那些茶道具備好的。果然心事太煩緊，不宜討論案件，難怪清藏律師硬要留著我在方丈室裡多作喘息。

巡禮點過了一回茶，米糰也吃得差不多了，滿嘴都是紅豆沙的香膩氣息，清藏律師忽然起身，撢一撢衣袖，說道：「走吧，該出發了。」

「去哪裡？」我嘴裡塞了半口米糰，含糊地問。

「二林，去找你的表妹夫。」

清藏律師打開了方丈室的門，門外一派春色旖旎，草花茂盛，蝴蝶懸舞，杜鵑鬧得無休無止彷彿真有鳥羽在木葉之間振翼鼓譟。他這時候才注意到，山門旁邊，我平常停放人力車的地方空蕩蕩的。

「你今天沒有順道賣雜細？你的玲瓏車呢？」

「我都被這事情煩死了，哪有心情叫賣？」

「真難得，你也有不想賺錢的時候。那你要回去整理行李嗎？我們這一去可能會要兩三天。」

「不用了，那清藏你呢？」

「我？和尚我就是一套袈裟而已啊！哈哈！」笑罷，清藏隨手就從方丈室外的牆上抓起一頂吊掛著的斗笠，往頭上一兜，瀟灑地往山門走出去。而我急急在後頭跟上，兩人一前一後離開松本寺。

踏上了跟表妹一樣的路程，我回憶著表妹對沿途景物的描述。表妹所去的二林，是從仁和宮出發，跨過二林溪之後，往南走，走在一條蜿蜒但沒有什麼岔口的直線道路上；沿途都是農田跟竹林，和幾處散落的人家；而兩間有電話的店頭，可以算是這條路的休息站，一間靠近仁和宮，是間雜糧行，一間雜貨店則是在一處叫做火燒厝的地方。兩間店家相隔的五町路程之間，住家零星，是個陌生人不會隨便在這裡出沒的鄉下地方，如果石阿房走過這裡，應該會被記住才對。然而，我表妹問出來的結果卻不是如此，家家戶戶都對石阿房沒有印象。

「如果我的表妹夫根本沒有到二林呢？」想著想著，理所當然地，我也開始懷疑盧章的說詞了。

「你懷疑盧章嗎？但咱沒證據。問題不是石阿房去了哪裡，而是為什麼要約到二林這麼遠的所在？盧章可以自己去找朋友拿票，拿到之後跟石阿房約在基隆港抑是高雄港；約了石阿房一起到二林拿船票，石阿房就得像我們現在一樣，又搭車又轉車的，這不是在黑白踅玲瓏嗎？二林擱不是交通多方便的地方！可是話又說回頭，盧章真的有什麼歹念，這樣一約，不就親像是告訴大家他就是兇手了嗎？你表妹也說了，二林是盧章的老家吧。」

「我也覺得很奇怪，就是。」

「我知道，說不上哪裡怪。走吧，去一趟就知道了。」

春陽正照當中，我沒有斗笠，披了面巾在頭頂，勉強擋著陽光。雖然是春好時節，但走起長途的路來，還是感覺特別悶熱。大概一個小時多，我們終於走到府城車站了，律師掏了掏他的道中財布，靠上賣車票的櫃台；他掂掂財布裡頭的重量，瞇著眼看有幾張鈔票，才放心地開口買車票。

「小姐，不好意思，兩張，往彰化的車票。」靠在售票口前，清藏律師用斗笠當扇子，搧了幾下涼風。他若有所思地看著告示板上寫著往彰化驛的票價，好像看出了點線索，一頭還沒拿到車票，轉頭便開口問我：「合夥作番薯的生意，那是誰出的錢多？」

「應該是石阿房。盧章我是不知道，但石阿房有錢到可以自己買小貨船，只是剛好被我表妹阻止了。」因為知道他可以照顧好我的表妹，又聽我表妹的話，所以才同意讓他娶走那個跟了我

十七、八年的女孩。不然我也曾想過，要是表妹跟了我一輩子，做個沒有名實的伴侶生活，亦未嘗不可。我羅漢腳仔一個，又親近和尚佛法，少不了是要帶著表妹住進松本寺那兩間空禪房去修行的命。

「嗯。那應該沒錯。」

「什麼沒錯？」

「你想想，我們只是去一趟二林，都會擔心錢不夠吧？那跑一趟內地，豈不會多帶錢財在身上呢？」

「你是說，我表妹夫他可能不只帶了四百圓？」

「是有這個可能，那個盧章，應該要調查一下他的收入。」

「啊，說到收入，我忘了跟律師講。啊，你一定會罵我。」聽到律師提起了盧章的收入，我這時才想起，表妹當時除了描述二林沿途的事物景觀之外，跟我說了一個很重要的關鍵。

「講什麼？」

「盧章他，他帶了五百圓給我表妹，說是當初石阿房寄在他那裡的安家費。」我不等律師的臉色變得太難看便趕緊接著說道：「這麼重要的事情卻忘記講，不好意思，我真是太粗心了。他們擔心有一天會發生諸如現在的事件，互相留了五百圓給對方，由活著的人拿這五百圓去安頓死難的人的家眷。」

「安家費啊，那這就難辦了。」律師的眉頭緊緊地纏鎖著，摸了摸他的上嘴唇。本來很單純地以為，這是一起謀財害命的案件，假設石阿房真的死了，那也只要找出他流失的金錢財產，還有嫌疑人多出來的金錢財產，便能知悉一二；孰料，盧章這人竟不貪財，到手五張綠油油的青仔欉又還給了我表妹。這樣也就不能隨便假定石阿房的生死了。

「要往情殺的方向追查嗎？」我本來只是隨口問問，但沒想過問出口來，自己竟也有點相信這種可能。

「他不是你挑的表妹夫？尪某兩人很恩愛？」

「知人知面不知心啊，況且人會變。」我在松本寺的這幾年，已經聽過不少夫妻感情深厚最後反目成仇的案例，清藏律師自己是方外之人，他一定更明白這些道理。什麼「人繫於妻子舍宅，甚於牢獄，牢獄有散釋之期，妻子無遠離之念」的經文，聽到我都會背了。

「嗯，那也只是可以考慮的方向，喏，車來了。」

汽車靠上月台後，嗚咽出滾滾蒸氣，噴得天際煙塵茫茫，像十二月天霜降的樣子。候車的人陸續湧上車廂，左右手提著大小行李，而我兩手空空，一件白布衫和深藍色的破麻褲，腰間繫著大條面巾，看就不像是旅行的人；倒是同樣手無長物的清藏律師，菅草斗笠掛在背後，爭得幾個婦人掏出了五圓錢，往他袈裟的深袖裡硬塞，塞著塞著，他連舉手都有點困難了。清藏律師的十圓還算多帶了！

此番搭車，無心貪看窗外的景色，我和律師在汽車上繼續研究表妹夫的行蹤。沒有特別留心，我們談話的內容被對面的乘客聽到了，他們也客氣地加入了對話。

座位是四人對坐的，除了我們談話的內容較異於常人之外，律師上車之後引起的騷動，讓那兩個穿著西裝，坐在對面看起來讀了不少書的男子都對我們產生興趣。偶爾我們也隨著話鋒討論高千穗丸的沉沒、對米國開戰的利弊等等。

「啊，你有親人在船上啊！」橘色西裝的男子為此感到嘆惋，他伸手來握住我的手：「你一定要堅定。你有問清楚嗎？喔對了，我叫佐佐木，還沒請教？」

「叫我秀仁就好。謝謝你，我搭這趟汽車，就是想要去問清楚。」

「罹難名單現在應該在基隆港那裡公告了吧？我有朋友在那裡的港務局服務，他應該會知道。可以的話，我可以幫你撥電話問他。」另一位身穿深灰色西裝的男子拿出他的名刺，發給我跟律師。他叫「石川二郎」，是位帝大畢業的公務員，隸屬於土地調查局，同時也是「新高港都市建設計劃方案籌備組」的組員。

看到新高港三個字，清藏律師有點興趣地問了起來：「新高港大概還有多久才能啟用呢？」

「看起來又是要戰爭了，我看短期之內應該很困難。」石川說他很少被人問起新高港的事情，像律師這麼敏銳的人真不多見：「大師也在關注這件事情？」

「我只是想知道，現在如果硬要使用新高港出港，是否可行呢？」

「喔，現在不行，近處還在掘港工程，那些掘港的機組不小心就會把船砸壞。」石川笑著說道：「倒是工程擱置之後，我們小組都輕鬆不少，才有這個機會到處拜訪新高港周邊的市鎮，為戰勝後的建港工程做準備。啊，待會下車的時候記得提醒我，幫你們打個電話去基隆港務局問看看。」

「喔！那是再好不過了，但是，石川先生在哪裡下車呢？」我問。

「彰化，秀仁先生你們呢？」

「我們也是！」

「那說不定你就不用跑一趟二林了。你的親人叫什麼名字？大概是買什麼樣的船票呢？」

「那真是太感謝了！我的表妹夫叫石阿房，他應該是買一等艙的票，因為他要拉載不少貨物。可是我也不是很確定他有上船就是了。」

「沒關係，等到站的時候，我幫你問問。」

然後我們四個人就交換了一些自己本行的故事，例如佐佐木說他當了建築師之後，蓋一般的房子已經膩了，他問供養金賺得那麼快的清藏律師有沒有要讓松本寺的本堂擴大的想法跟預算。清藏律師則說起他從前的法醫故事，他曾經為了驗出死者的真正死因，在兇手面前演了一場「吃骨灰測毒」的大戲，不是那種用食指沾骨灰然後舔中指的障眼法，而是真的拿出一個純銀湯匙，先盛了一瓢骨灰，確定銀湯匙沒有變色後，當眾吞下。當然，他只有在建築師或公務員這類不相干的人面前，承認那是一場戲，他事先在骨灰上鋪了一層香灰，吃骨灰只是要逼迫兇手認罪，順便壓制一些辦案小組裡的雜音。至於警界法醫界甚至罪犯界，清藏律師從不提起這樁往事，他們卻都知道靠著吃骨灰而讓兇手投降伏法的這號狂人，現在離開了法醫界，跑去當和尚了。

閒聊了兩個小時左右，彰化驛到了。

一下月台，石川先生趕緊跟站務員借了電話，他秀出了公家證件，站務員很禮讓地請他進站務所打電話。這一通撥到基隆港務局那裡，轉了幾個承辦人員之後，終於問出消息了。

「沒有石阿房的登船記錄，而且聽說有兩百多人還活著，這幾天的新聞都寫錯了。雖然沒找到你表妹夫，但至少確定他沒上船，也算好消息吧！」

「是，真的是太好了，感謝您的幫忙。」我隨口答應，而當我望向清藏律師時，他的神情卻像是不認為這個消息很好的樣子，反倒比上車前更苦惱了；他抓起斗笠往頭上一罩，遮住他正在苦思的眼神。

「沒什麼，舉手之勞。那你們呢？就這樣回去府城嗎？」

「不，」清藏律師將所有的情緒藏在斗笠下，假意捏出了雀躍的聲嗓說道：「人還是要找，只是不用那麼急了；不過我想，既然都來一趟彰化了，當然是先四處觀光遊覽一下吧。」

「喔，員林那邊有一處禪寺，大師您可以去參訪看看；我跟佐佐木還有事情要去找朋友，就不多陪了。」

「謝謝你們。」告別了佐佐木跟石川，我問了清藏的看法。

果然不出所料，他正為石阿房沒上船的事情感到煩惱。如果查出石阿房沒有上船，只會把事件弄得更加複雜。沒有上船又不回家的人，究竟去哪裡了呢？盧章沒有不在場證明，又極可能是最後一個見過石阿房的人，但是一個主動退回五百圓，還協助石大嫂尋找丈夫，這樣的人要如何跟謀害石阿房劃上等號呢？

「你的表妹夫有可能招惹什麼款人呢？他是個來往內地的商人，賣番薯甘蔗跟香蕉，所以他的同行應該就是他的敵人；但是，照你的說法，他又不是那種惡質無良的人，作生意，大家公開平等，沒道理獨獨要害他啊。」清藏律師邊說邊走，把整個事件都翻過來質疑了一遍：「你的表妹夫甘有其他的冤仇人？」

「同行嗎？除非我們現在開始要針對盧章。不能相信任何人，不是嗎？」

「嗯，這倒也是。畢竟兩個人有合夥關係，錢的事情喬不好勢然後殺人，也是有的。」說到一半，清藏律師招手喚來一台黑頭車：「上車吧。」

「好！」

一上車，律師開口報的地名就讓錯愕的司機扭回過頭來，他瞪得圓睜睜大眼，看是要好好看清楚我們的穿著打扮吧。

「到二林的仁和宮。」

「哇，這麼遠，現在一町的車資差不多要四十錢喔！」開自動車的司機有點訝異，很少有人會坐這麼長途的車，到那個偏僻的小鎮去，他看了看，雖然有點不禮貌但表情倒頗打趣地問道：「你們一個和尚，一個羅漢腳仔，有法度嗎？」

「司機先生，你看要多少？」

「最少也要四圓。」

「那你放心，這邊口袋很深。」律師極有自信地回道。

「那好，來，坐穩了。」

車子發動後不久，確定我們正開往一條有線索的路徑，我便安心地拿出筆記本，選了最最乾淨的一頁，開始把我表妹的案子重新整理一遍。而書寫的過程，除了能讓我平靜之外，的確能從每個人的說詞中抓出一點可疑的蹤跡。關於可疑的地方，我都特別劃線起來。

我把寫好的筆記拿給清藏律師看，他也看得很仔細，玩味了許久。

按照船期推算，如果石阿房有搭上高千穗丸的話，四天三夜的航程，應是三月八號那天的船。那班船經過門司，轉往神戶，並且在神戶停留三日後，又發回基隆。然後在三月十九日被米國擊沉。

但是基隆港務局的登船資訊駁回了這個說法。縱使他果真是三月七日離家的，但他並沒有搭上航向死亡的高千穗丸。

石阿房三月七日離家後，或許沒有到二林。表妹與盧章實際勘查二林的道路，從仁和宮到火燒厝這段路，是唯一一條平坦的正路，除非石阿房根本就沒有到二林，否則不可能在這條路上跟盧章錯過。按照表妹的說法，當地的民家沒人見過他，也是證據之一。

可是，如果他有到二林，在被村民看到之前就被盧章殺掉了呢？但是那個盧章的動機是什麼？

我如果是殺了人的盧章，拿五百圓封住人家妻子的口，不如把人家的妻子也殺了，在陰曹送作一對。要什麼樣的動機能大過這五百圓？根據表妹的說法，石阿房總共也不過帶了四百圓離家，盧章果真殺了石阿房，卻又不獨吞安家的五百圓，那就是石阿房一條命只值四百圓。夠賤的了。

可是如果阿房有多帶錢呢？

「有看出什麼端倪嗎律師？」

「走一趟才知影。」

司機沒有刻意與我們搭話的打算，他也不像是在偷聽我們說話，就是很專心地開著車；轉眼，已經可以看到在廣袤的良田中，像怒然綻放的豔紅花朵一樣，有一棟紅牆如苞、黃瓦喻蕊，瓦上剪滿了八仙、三星、眾神佛菩薩塑像的飛燕屋頂。主祀天上聖母的仁和宮到了，司機將車靠近一停，只見廟瓦遮蓋陰涼處，人聲喧動，全二林最熱鬧的廟口終於到了。攤家的推車一台接著一台串在一起，歇腿納涼的人流才正要退去，傍晚吃飯的熱潮又即將開始。緊鄰著仁和宮，有一牆竹棚架包著的施工現場。那不知是哪家善信的奉納，將仁和宮又擴建了起來。

「到了，這裡就是仁和宮。總共是四圓，謝謝。」

「來，這是五圓，不用找了。」那正是在汽車車廂裡收到的福田善款，左手進，右手出，是清藏律師對於捐獻的堅持。所以當被問起蓋本堂的事情時，他委婉地拒絕了。蓋松本寺就費去了他出家前的積蓄，出家後他也沒有屯儲供養金的習慣，哪裡來的錢去翻新房子。

「那我們現在呢？」看著黑頭車揚長遠去，鄰近的人們都在注意我跟清藏律師。果然，只要有陌生人來到這裡，就會成為驚動鄰里的消息。這裡是很單純，單純得有點封閉的小鎮，如果真的在這裡發生了謀財的命案，我想，可能又是一則足以蓋過高千穗丸的新聞頭條了。

「先去找盧章好了。」清藏律師認為，從一開始到現在，他都沒親眼見過我所敘述的三個主角，依照他的辦案習慣，還是要當面見到人，觀察他的表情與言行舉止，才能完整的判讀出每個人的心思與動機。

依著表妹說的，在仁和宮旁邊大概五十餘間左右的距離，有一棟三層樓的洋樓，因為四鄰都是土厝磚房，用紅毛土蓋的洋樓並不多，高聳的灰色外觀很好認，我跟律師很快就找到這間看似稍有財力的盧家洋房。

「你敲門吧。」律師壓低了斗笠，站在一旁。

「好。」我走近前，拍了拍洋樓的木門：「盧先生？盧章先生在嗎？」

只聽見有人下樓的聲響，開門的是一位身材短小，目光炯然的男子。

「哪裡找？」才說完，他就認出我了：「啊，是石大嫂的表哥。你終於來了，快請進來坐。嗯？這位是？」

「是我朋友。清藏律師。」

「快快請進。」看樣子盧家現在只有他一個人，這麼大的房子沒有傭人，是有點麻煩的。他招呼我們進屋之後，邊說著話，邊走到廚房去倒水，忙裡忙出的樣子，看起來就是少個幫手的感覺：「找得到石大哥嗎？」

「還不知道。」我搖搖頭：「您別客氣了，坐吧。」

「不不，我得倒點茶水給你們呷涼。冰水可以吧。」

「謝謝。」稱謝後坐在他家的紅木椅上，我抹去了臉上的汗水，這附近連樓房的遮蔽都沒有，一片平曠的農地田園，日頭當頂曝下，實在熱得很。

他就像看到老朋友一樣雀躍，而清藏律師卻在他端出冰水的時候，忽然開口打斷他的動作。

「你最後一次見到石阿房，是什麼時候呢？」

「噯，這個真的有點模糊，因為我回二林好一陣子了，也就，我想想，最少有半年沒見到石大兄了。我們都是用寫信在連絡的。」

「嗯，他寄給你的信，你有留著嗎。」我看了一下清藏律師，對他使了個眼色，要他別太咄咄逼人，但他卻沒有收斂語氣，繼續無禮地對盧章說道：「你應該知道，當我出現在二林，就代表我一定會想辦法找出石阿房吧！」

「是是，萬事拜託了，我要好好罵他，放著婧某厝邊不管，就這樣無消無息。」

「你可以說一下，你們本來的行程嗎？」

「是是。」盧章有問必答，對清藏律師很恭敬的樣子，我反倒替清藏律師的不禮貌捏了一把冷汗：「我跟石阿房一起做過幾次生意，喔，先說這個好了，我們是同梯的，一起在南洋當過軍伕。」

「大概是什麼時候回來島上的？」

「十年了吧！十年前，他回來接他老爸的頭路，跟內地的農家做生意。」

「就是你們本來約好的，要去九州的那個生意。」

「是是，他們家跟內地很多地方的農民都有合作，當然也有跟島上的農民合作，通常都是抓準大出的時候，把農作物散到各地去。」盧章的說法，跟表妹說的並無兩樣：「我們很早就約好了要去九州拉貨，因為番薯的收成好，是可以預料的。那剛好二林的朋友有便宜的船票，我是想說跟他一起買了票之後，再一同搭車去基隆登船。」

「兩個人踅這一大圈？不直接去基隆港抑是高雄港嗎？」清藏律師還是很想問出選擇二林的原因。當然，這裡畢竟是盧章的出生與生長之地，要行兇的話，這絕對可以是最重要的考量。

「那是因為我這個朋友，常常可以拿到好的船票，想說引介他們認識一下。啊對了，還有，我有跟石阿房說過，二林這幾年的土豆質量也都不錯，他一直很有興趣，所以才會這樣約在這個小地方。」

對於整起案件，盧章這番說詞，也算是消除了某種程度的疑慮。

「好吧，算是貧僧失禮了。」清藏律師替案情問出了點輪廓後，重新向盧章自我介紹了一遍：「律宗松本寺清藏，抱歉對施主出言不遜。」

「沒關係，我知道，大家都是擔心石大哥的安危。」盧章頗能理解地說道：「我跟你們說，接下來往火燒厝的路上，我當時跟石大嫂走了兩三趟，真的不知道石大哥為什麼消失到今天都毫無音訊。請務必找出石大哥，拜託了！」

「放心吧，清藏律師是很可靠的！」我看了律師一眼，我知道他其實還是在懷疑盧章這個人。但我沒有多說，單單喝著盧章泡好後冰起來的春茶，隨意用了一些四秀仔，便和律師雙雙從盧家告退，走過仁和宮，沿著二林溪，開始走上這條石阿房不一定存在過的路徑。

「律師你不相信盧章嗎？」

「是你說的，任何人都不能相信。」

「你覺得可疑的地方是？」

「他知道我會來，更正確地說，他知道你會帶我過來。當他帶著你表妹去找你的時候，他應該就抓準說最後會由我出面，所以，我今天感覺，他是專程在這裡等我來的。」清藏律師描述起盧章的從容不迫，的確不像是第一次當嫌疑人而應有的態度。一般人都會膽怯害怕吧，如果不是秉性善良而且坦然的人，那就是做了萬全準備要跟律師鬥法的惡徒，才會有盧章今天這完美的演出。

「你覺得他會是哪一種人？」

「我也不能預設任何立場，走吧。第一個可疑的地方，應該就是你表妹說的，謝南生的雜糧行。」

三

鄉野間的景色十分怡人，空氣也特別清新，就是有點熱。因為人蹤不遠，走在塵土飛揚的路上有種飄渺於喧擾和寧靜之間的不真實感。遼闊的平野上可見低矮的農家和種滿甘蔗與花生的田地，偶爾碰上牛車迎面趕來，清藏律師摘下斗笠致意，我則上前問起駕牛車的人，問他有沒有見過石阿房。

我大概地描述了一下石阿房的特徵，很可惜的是，駕牛車的男子、斘雜草的少年，或是那些彎腰在圳溝間洗衣的婦人，都沒人見過他。

「那盧章呢？」

「你是說住洋房的喔，他就住仁和宮那裡啊。你要回頭才找得到他喔。」

無論是扛柴的老人、用蔴索牽著小黃狗散步的女孩，還是聚在路邊捆起了編草織品的女人們，都能指出很確切的方位，那的確是盧章的家。可見，就算他們認不得石阿房，也不可能認不出當地的富戶盧章。

「那他最近有經過這裡嗎？」

「有喔，有一次還帶著一個查某。」

「查某？」我刻意提高聲調，對那位我已經知道真實身分就是我表妹的女人提出質疑，試圖想讓對方再多說點真話。

「啊對啊，月初的時候，盧章少爺在這條路上來來回回了幾次，還去找賣米的借電話。那個女人是外地的，穿得很樸素，應該不是什麼煙花女子。我看是來辦正事的款。」

「你叫伊盧章少爺？」

「對啊，伊是我們這裡大戶盧家的大少爺。」

「你知道他是來幹嘛的嗎？」

「我哪敢去問盧少爺，我在想，應該是巡前顧後吧，這附近的甘蔗土豆田，差不多都是他們家的。還是說那個查某想買土豆？最近土豆大出，產量不錯。若沒其他的問題，我還要趕路，先來走。」駕牛車的男子揚起藤棍一甩，牛只是聽到劈啪聲響打在車子的橫木上，就邁開步子往前了。

「順行。」我望著他的背影，往仁和宮的方向遠去。

清藏在旁邊聽著我跟駕牛車的對話，他不死心，又往前走了幾步之後，看見一群聚在水溝邊的婦人，便把同樣的問題拿去問那些婦人們，她們一句來一句去，嘮嘮叨叨地才把前情後事講完。

「賣米的？就在前面啦，你待會會看到一間謝南生的米糧店，還賣很多雜貨。聽謝的說，盧少爺是有跟他借電話啦。哎唷，他講電話的時候，還很著急哪！不知道有影還無影。」

「有人知道他打電話給誰嗎？」

「沒有，賣米的說，那時候剛好有客人糴了十斤的米，他無閒在做生意，也就沒注意聽了。賣米的人很好啦，他才不會去偷聽人家講電話。」

婦人還以為我們是要盤問謝南生，我連忙否認。

「不信你問那個在挲草的少年，少年說話最實在了。」婦人們指著對面花生田裡，一個走在田埂間的少年。

「喂，少年，借問一點事情。」我喊了田裡的少年走進前來。

「喔！來了。」少年手裡抓著雜草，跑到黃土路邊還留下了兩行泥腳印。我又從盧章這十天以來有沒有出現在這段路的問題開始問起，也告訴少年關於石阿房的長相，但得到的結果都是一樣的。

「沒見過那樣的人啊。沒關係，那我再問你，那位盧少爺走過這條路上的時候，還做了些什麼？」

「喔，我是在幾天前還有看到少爺跟邱仔柱借了電話。不是帶查某跟著他的那次，是更早之前。」邱仔柱就是火燒厝那頭，電報柱旁邊開著一間小雜貨店的邱姓人家，因為後來搭蓋的電報柱就臨著他的祖厝，讓他賺到了五十圓的補償費，也算是個吉兆，索性就叫他邱仔柱：「聽說是打給朋友，確認朋友在家，正要去拜訪的樣子。」

「當時有人跟著他嗎？」

「不知道耶。應該是沒有？這個我不確定。」

雖然問不到關於石阿房的完整資訊，但是清藏律師藉由這樣把村民和路過的人一個個請來詢問後的結果，畢竟又進一步掌握了石阿房可能的行蹤。一路問來，這趟路走得倒也輕鬆，我跟律師很快就來到謝南生雜糧行了。

那是一排總共七間連棟的房子，都是磚瓦屋，但只有一棟房子掛了招牌，清晰的紅油墨大字寫著「謝南生雜糧行」，薄鐵打成的白底招牌，看上去還很新的感覺，沒有一點鏽斑。

走進雜糧行裡，一個像是老闆的老男人，他只是乾乾地望著我，並沒有開口問我們的來意。

律師看了看他，大概六十開外，穿著短布衫，見到客人走進店裡卻沒有反應；律師又低頭瞧著一個個裝著大米、紅豆、黃豆、薏仁的麻布袋，竟然不經意地露出了勝利的微笑。我順著他的目光，也盤點了一下那些雜糧，暗自推算著與我在府城拿到的豆糧價差；這裡果真是產地價格，雖然有不少轉車勞頓，但扣除一點成本竟還有得賺，看來下次可以直接從這裡拉貨了。我也不覺地露出勝利的微笑。

清藏律師靠近櫃檯，向那個老男人問道：「請問，您就是謝南生嗎？」

「是，客人您是？」

「我是路過這裡的化緣僧，忽然有點急事，想借你的電話一用。」

「喔，沒問題，請用請用。」謝南生往牆上一指，櫃檯後方吊著一台電話。

清藏律師撥了通電話，他說：「喂，是我，我在二林，那個石阿房，你知道吧？很有錢那位，你去他家，請他夫人把信找出來，我晚一點再問你信的內容。喔，你就說他表哥要的，她就知道是哪封信了。等我的電話。多晚都要等。」

說完，幾乎沒讓對方回上什麼話，他急忙掛上電話，就向一臉疑問的謝南生告辭，拉著我離開雜糧行。而我還在看雜糧行那一地的豆糧，我忽然意識到律師不是因為豆糧的價格好才笑的，跟著律師走出雜糧行之後，我趕緊把律師拉到一邊，低聲問他：「那些豆糧有什麼好笑的？該不會你已經破案了？」

「沒有那麼厲害啦，不過就是一點小線索。」

「什麼線索？」

「你有注意到雜糧行的桌椅跟櫃子都很舊嗎？」

「有啊。而且，跟一般賣雜糧用的櫥櫃都不太一樣。」一般會訂做幾個方型的木頭大盒子，用裝滿鋪平大約就是幾升米的基準，儲放大米以及大米以外的雜糧、豆類。而木盒子會放在一整個平台上，用五乘五或三乘三的方式擺放所有的豆糧，看上去繽紛滿目，實際上在秤量的時候也比較方便。但是謝南生的豆糧，卻是用麻布袋一包包隨便擺在地上，還有一些是擺在看上去像書櫃或碗櫥一樣的櫃子，只是把書跟碗都拿走了，改放豆糧的袋子而已。

「但是那些豆糧呢？」

「新的。啊，不是，你不是在看豆糧。」

「對嘍。」

我知道律師注意的既不是豆糧，更不是價格。而是那些裝了豆糧的袋子，還有撈豆糧的勺子，全都是新的。

「那你剛剛打給誰？」

「當然是警署的田邊啊，這個我可沒騙人。我請他去你表妹家，拿盧章寫給石阿房的信。」田邊自從認識了清藏律師之後，就成了松本寺的常客。他帶著怪奇的消息與事件，還有一些小麻煩來寺裡求助，但同時也會藉著勤務之便，讓清藏在實際查案的過程中更輕鬆。清藏和他的合作十分緊密，自從跳運河的案子偵破以來，也算是我們這邊的好戰友了。

「可是你說晚一點要問，你怎麼問？」

「盧章不是往前走到火燒厝又跟邱仔柱借了電話嗎？我去那裡再打給他。」清藏律師看了看遠方，想是估量著從這裡走過去，到火燒厝的雜貨店；跟田邊去取信然後趕回警署所費的時間應該差不多吧！

當我們真的走到邱仔柱雜貨店的店門口時，天色已經漸漸暗下來了。走了整天的路，看樣子，今晚得在這附近找投宿的人家了。

「我進去借電話。」清藏說道。

「好。我這裡等你。」

我在邱仔柱的雜貨店店門口等著，雜貨店的店頭沒有掛招牌，只是一棟很簡單樸素的土角厝，與鄰近的磚房土厝依靠在這平闊的田間。從門外可以看到陳列的貨架，品項少得可憐，可能連我半車的雜細都不到。我很驚訝，鄉下的雜貨店可以這樣生存下來。

我等了不過幾秒鐘而已，就聽到裡頭的人破口大罵。

「走啦臭和尚，還要不要作生意啊天天來問什麼阿房！」

「是，是，走就是了。往前走就是了。」清藏律師似乎有點灰頭土臉地被趕了出來，一路退到店門外，而店裡的人不死心，還刻意一腳踏在門檻上，揮舞著手要趕清藏離開。

他是個四十歲上下的壯年人，渾身散發著莊稼漢的氣質，皮膚黝黑，手臂腰腿都很結實粗壯。清藏待正要往前走，而我也才邁步跟上的時候，我卻看到了那個人揮舞的左手腕上，在夕日餘暉的照射裡，閃爍著不尋常的光芒。

「等等！」我停住腳步，拉住清藏律師的袈裟。

「怎麼了？」清藏律師回過頭來，滿臉疑惑地看著我。

「你就是邱仔柱？」我湊上那人身邊問他。

「怎樣？想打架？」

「你手上的金錶是怎麼來的？」我一怒之下，抓起了他的左手。

「賺錢買的，干你什麼事！」他甩開我的抓縛，差點一拳要打回來。

「我看不是吧。」我認出那只金錶，那就是我訂作給石阿房的金錶：「你最好說清楚，不然我就要報警察了。」

聽到警察二字，這個邱仔柱畢竟是鄉下人，再勇猛也經不起警察的威壓，嚇得把那金錶一扯，往地上一丟，轉身就要關上大門。

我和律師雖然都跨前一步要阻止他，但還是慢他一拍，被他的門板給硬推了一下，差點摔倒在地。只聽他鎖上了門，還搬了東西堵住門口的樣子。

「就是你嗎？殺了我的表妹夫！」我撿起金錶，滿腔的怒火恨不得可以真的噴發，我拍起了他的門板大喊道：「你出來啊，說清楚！」

當然是沒有任何回應的。我還透過窗戶想看看他倉皇的樣子，但是他卻不知道躲去哪裡了。

「你的表妹夫應該是真的遇害了。」清藏律師叮囑我要抑制情緒，別因為這樣壞了線索。我看了看他，他像是搞清楚事情的來龍去脈，慣性地理了理袈裟。

我有點錯愕地看著清藏，他卻用眼神向我示意，搖搖頭要我不要作聲繼續聽他說。律師還故意靠上邱仔柱的家門前大喊著：「是不是你殺的人，我不知道；但我沒記錯的話，協助棄屍雖然是死罪，但也不是沒有講情的餘地。或者你偷盜死人的物品，那最就更輕了一些。只要人不是你下手殺的，都有得講情。」

門裡依然沒有任何動靜。然而，律師很確定，驚魂未定的邱仔柱不可能走太遠，律師說了什麼他應該都聽進去了；律師不作聲響地對我指了指回頭的路，要我往回走，我起先還不理解他的用意，但是他很堅持要回頭了，還戳了我一下。

直到離開邱仔柱的雜貨店，大概五十多步的距離而已，我就忍不住問了要走回頭路的原因。

「因為兇手找到了。」

「是嗎？可是……。」

我還以為剛才清藏律師只是要哄騙邱仔柱，故意哄他，讓他自己洩漏口風的一種話術；先不論證據在哪裡，他如果自己招認，然後報警抓他，應該是最省事的。我掂著手裡搶下來的金錶，想我表妹夫每天看著它，不意把玩擦撫著，珍惜他的婚姻，他的愛情。那麼我的表妹一定也是這樣子日日等他歸來吧，他們的感情恩愛，應該是可以信任彼此的。

「你想問，為何要走回頭路嗎？先跟著我走吧，我會告訴你的。」

自此之後，清藏就沒有再開過口了。他一路沉思著各個可能被遺漏的重點，還有石阿房可能碰上的危機；然而，不管我怎麼追問證據到底在哪裡，或是待會要如何聯絡田邊等等，他都悶不作聲。

回程中，經過了謝南生雜糧行，律師本來想再借一次電話，但已經關門了。輕輕拍了兩下店門，無人應答，只好繼續往前走。

「那我們直接去找盧章借電話吧，田邊還在等我呢。」

「走吧。」

直到走回了仁和宮，看見那夥原本在廟前用點心、吃晚飯的人，已經換成吃夜宵的人了，人們麇集在廟前喧嘩，店頭還張起了燈泡，看是替良夜揭開了序幕。律師好意地問我餓不餓，走了一天雖然都沒有怎麼吃食，但我一心想幫表妹破案，食慾也就不那麼重要了。

來到盧章家門口，本來應該是要開口借電話的律師，卻沒有任何動作，他停在門前張望了一下。房子裡頭的燈還是亮著。

「你有帶番仔火嗎？」律師小聲地問道。

「有。」

「你走到後面的草埔，這裡你看得到嗎？土豆田後面，對，你到那邊，然後把雜草跟枯枝湊湊作夥，放一把火給它著。」清藏律師指向黑夜中一個角落，方才我們走過這段路的時候，處處都可以看到挲草後整理起來的乾草堆。

「然後呢？」

「然後就等我。」律師把計畫擬定，也把他的斗笠交給我，要我用斗笠好好地生一場大火。

「好。」我一心只想抓到犯人，所以也沒有什麼質疑，趕緊跑到草叢後方，整理出一堆堆易燃的枯枝乾草，用火柴刷刷刷地點了幾撮燭光般的細小火苗，先從枯掉的粗葉開始燒起，待它起煙焦黑之後，便用律師的斗笠煽風，不一會兒，那些星火轉眼成了盛焰，燒得乾柴劈啪作響，嗶嗶啵啵。

從我的方向可以看到清藏律師站在盧家門前，朝我這裡看，他應該是看火勢有了大概之後，便急切地拍了盧家的門，大喊著：「火燒埔，火燒埔了！」

那屋裡頭果真跑出了慌忙的盧章，而律師拍完了門，就閃在一邊，不願讓盧章看見他。盧章一瞧見火勢，隨手抓起水桶，要跑來救火。他第一眼就看向我這裡，我趕緊又往草叢深處躲藏，就怕被看到是我在搞鬼，壞了律師的計策。儘管我根本不知道這要做什麼。

「快來人，快啊，怎麼會著火！」

我躲在樹後，聽他失控地喊叫著。他根本沒注意到地上的火舌是否燒進田裡，在這一陣慌亂中，他怒喝了一位也是提水趕來救火的人。

「你們是怎麼顧的？顧到著火！」

「是，少爺，對不起。喂，緊來，緊來打火！」剛剛仁和宮附近納涼的人也都趕來了，但是有一個人特別地回了盧章的話。那人趕緊也招來更多人幫忙救火，我聽著聲音有點熟，側著身子偷覷，那人就是早早關店門的謝南生。

我聽見他們少爺長少爺短，還這麼被打罵著，不由得又往前探了一下，想聽清楚他們之間的關係，究竟到什麼程度。

卻不想，我的這麼一側，就被謝南生看到了。他一驚呼，盧章也嚇了一跳。

這時候，已經一桶桶水接力把火焰打滅的村民們才注意到，失火的並不是花生田，而只是本來就要集中焚化的乾草枯枝堆。

「你怎麼在這裡？」

「這是怎樣一回事？」

盧章一怒，揪起我的衣領，看是沒得收煞了。幸好，剛才一直躲在陰暗處的律師，已經走到圍觀的人群外了，他搶先開了口，要眾人讓個位置給他。

「我來說明吧！」

「你們兩個，到底在打什麼主意？」

「不，是你在打什麼主意呢？」清藏律師指著盧章，一連串不停地追問他說道：「石阿房是你殺的吧？你把石阿房埋在哪裡？要不要直接承認呢？」

「我要承認什麼？我根本沒看到他！」

「喏，把錶拿出來給他看。」

聽清藏律師這麼一交代，我就拿出了表妹夫的金錶。

「這，這是什麼？」

「這就是石阿房最後的遺物，我訂做給他尪某的金錶。」

「那又怎樣？」盧章露出了不屑的眼神：「什麼遺物不遺物，沒看過啦！」

聽他這麼一說，我倒不知從何回嘴。

「這是你的僕人，邱仔柱從石阿房的手上拔下來的！」

「什麼僕人？邱仔柱住多遠你知道嗎？」

「我是不知影究竟是有多遠，但我看你厝內幾層樓都沒有使用人，卻拼掃得很整齊，我就猜想，應該是有點問題。」

清藏律師這麼一說完，盧章竟瞪著眼不曉得如何解釋。

我還是參不透玄機，律師便接著再把盧章狡辯的話全都堵回他嘴裡：「這條死亡之路，所有的一磚一瓦一景一物，全都是你盧家的，甚至來往的人，放牛的、挲草的、洗衫的、開雜貨鋪的，都是你盧家請的使用人，我這樣說，對不對呢？」

清藏律師說完，環顧了趕來救火的那群人，個個都別過頭去，嚇得不敢說話。當然就連盧章也乖乖閉上了嘴。

「哪有這麼剛好，所有人的證詞都是同款的呢？這不是套招是什麼？而且，你如此擔心你的田地，又藉著土豆的事情要拐騙石阿房來二林，我便合理地懷疑，這整片看得到的地，都是你盧章的。而你要費心費力照顧這麼大的田地，不光是佃戶，少不了要請幾個幫忙管事打雜的使用人吧。」清藏律師還故意拿出了石川二郎的名刺，嚇了他一下：「如果不服氣，我可以打給這位土地調查局的，清查你所有的地目。」

「就算地是我的、人是我的，那又如何？是邱仔柱把石阿房怎麼了，與我何干？」

「喂！」

沒想到，盧章才說完，剛才被他罵了一頓的謝南生就看不過去了：「少爺，我們代念你是少爺，幫你這麼多，你怎麼可以這樣陷害邱仔柱！」

「你閉嘴！」

「哈，沒用的。」清藏律師看盧章已經眾叛親離了，便順勢說道：「如果你還是不滿意這樣的結果，我現在就要借你家的電話，在這些既是村民，又領著你家薪水的人們面前拆穿你！」

律師走向盧章家，盧章正要阻止，卻被謝南生和其他趕來救火的村民圍住。

「少爺，請你莫要執迷不悟了。」

「走開！」盧章焦躁地看著清藏律師走進他家，大剌剌地開始撥起電話，眼下卻沒有半條路可以跨步出去，所有的活路全被村民擋著。

大概一兩分鐘吧，清藏律師便從盧家拿出了一張抄寫了幾行字的白紙。

「來吧，我念給你們聽，這就是他寫給石阿房的信。」

「阿房兄，船跟店鋪都準備好了，你就帶錢到二林來找我吧。」

聽完我也感到詫異，從沒想過信的內容只有一行，而且並未提到高千穗丸。仔細想想，在我聽取表妹轉述的過程中，因為她解讀的方式產生了一點些微的差異，所有事件的形貌就完全不同了。

「是的，你跟石阿房根本沒打算搭高千穗丸，你們是要自己買船去內地。但是你騙了石阿房，把他騙到二林後，殺了他，奪走他買船的錢；至於店鋪，應該也是要買在內地？那也是石阿房出的錢吧！我估計，你拿走石阿房至少有兩千圓，只會多，不會少。」

「你又知道了，黑白講！我的信，我也跟石大嫂解釋過了。」

「不，你那個才是黑白講。」清藏律師繼續說道：「謝南生先生，你如果是個真正的商人，為什麼看到我跟秀仁走進你的店裡，卻沒有什麼反應呢？一般來說，作頭家的不都是要來招呼一下嗎？還有，你的招牌是新掛上去的，你裝雜糧用的麻布袋，還有那些雜糧豆仔，也全都是新的，但是你的店很舊了，櫃子廚子都很舊了而且都不是普通人店裡用來擺豆糧的，我在想，那個地方原本應該就不是賣東西的，或者只是誰的家吧。」

謝南生別過頭去，無法辯駁。

「至於躲在家裡的邱仔柱，更不用說，沒有三兩個像樣的雜貨，他應該也是假的商人，問問秀仁就知道，有雜貨店的東西這麼不齊全的嗎？你這間店，還有邱仔柱的店，其實都是用來欺騙我們跟石大嫂的吧！喔對，主要是用來騙石阿房的。你們不是幫盧章種田的，就是他的下人吧。這裡的地都是盧章的，賣雜糧還輪得到你謝南生嗎？邱仔柱一聽到我要借電話，又要問石阿房的事情，就把我趕了出來，我想，一定是我在謝南生那裡打的那通電話奏效了，謝南生趕緊通報給邱仔柱還有你盧章知情，然後你們就決定不讓我跟這裡以外的人有聯絡。」

謝南生聽著清藏律師對整個案情通盤的解說，已經落下眼淚。他摀著臉，因為他知道，從一開始就錯了，他卻沒有即時剎車而跟著錯下去。

「唉呀，我跟秀仁差點要步上石阿房的後塵呢。」清藏律師驚嘆一聲：「還好當時秀仁有看出那只金錶！」

清藏律師可能很早就掌握了線索，或者說，清藏律師相信這個村莊的人性。至少，當謝南生跪倒在地，哭喊著「對不起、對不起」的時候，所有的村民像是從一場很長的夢中醒過來一樣，他們都冷冷地看著盧章，甚至圍在盧章周圍，手裡拿著本來要打火的水桶、掃把，現在正怒指著盧章。

清藏律師看盧章已經被村民圍得無路可退了，便繼續說道：「你利用高千穗丸沉毀的新聞，騙了石大嫂，但是你知道，這次要騙得澈底，所以你寧可不要這五百圓，博取石大嫂的信任；也是，你都搶到兩千圓了，五百圓又算什麼呢？」

「你一直說我搶到兩千圓，那你說說看，那些錢現在在哪裡啊？啊！」盧章像是被逼入死巷的猛犬，對著幢幢的人影狂吠了一陣。

「這是你的臭錢，還給你！」從人群中，一個大嬸沒來由地丟出了一小搓鈔票。而其他的村民也逐一地把他們手中能丟出來的銅板，砸在盧章身上。

「你也果真是不簡單的人物。」清藏律師很難得地讚歎了一番之後，才繼續點破盧章的手法：「你把錢都捐出去了，包括修建仁和宮，還要分給這些幫你的村民們。你自己大概只留了八、九百圓吧，把石阿房留下來的安家費還給他的妻子，但阿房自己身上的五百圓也是進了你的口袋，你其實沒怎麼損失。所以，我說到現在，這些村民才半字不提你殺了石阿房的事情！所以，邱仔柱寧願躲起來，也不敢面對現實。」

盧章聽完清藏律師的說法後，登時胡跪在地上，全身的靈魄像被抽乾了一樣，兩眼空洞地注視著幽黑的花生田，任憑村民對他吐口水。

他好沒興致地悠悠吐了一句：「你是怎麼發現這些事情的？」

「一開始就發現了。」

清藏律師這麼說，我也不相信，狐疑地看著他。

「一開始？」盧章抬起沮喪頹然的臉，望著清藏律師。

「對。你不是要到石家去嗎？」

「對啊。」

「我聽秀仁的轉述，你是要找石阿房，但是你敲門的時候，卻喊著石大嫂？那不就表示你早就知道石阿房不在家裡了嗎？」清藏律師說：「然後你順著石大嫂的恐慌，把事件歸咎到高千穗丸上，又假好心地陪她到二林尋夫，還了她丈夫的五百圓，為的就是要把你精心佈置好的二林，呈現給她看，然後引起她的苦惱，讓她找上我們，對我們再演一次同樣的戲碼。如果我們都沒法度，那就表示真的是一起離奇的失蹤案了。」

「啊，所以律師你才說，盧章是在等你來！」我忽然懂了，原來這是一個來自兇手的挑戰。一場史上佈景最恢弘遼闊的戶外劇，動用了最多演員，整個村莊還陪著田僑仔盧章舍連演了三場。

村民用木棍把盧章的兩腋架了起來，接獲失火而趕來的警察，雖然對整個場面有點錯愕，但也聽從律師的建議，把盧章先收押起來。

「你的計畫雖然縝密，但疏漏的倒也不少。你就帶警察去挖出石阿房，讓死者安息吧。」

石阿房的屍首藏在花生田裡，挖出石阿房的時候，全場的人都摒住了氣息，特別沉默，特別安靜。連風都失去了聲音。才三月的天氣就熱得人難受，石阿房在土裡腐得特別快，他的妻子來認屍的時候，因為眼前的人已經很難辨識了，說要傷心得痛哭流涕，其實是有點難的。

後來這件事情沒有上報，因為戰爭很快就結束了。

【本篇完】

# 蕃婆假燒金

## 上

清晨，朱紅色的廟門外，還嗅不到淡雅肅穆的沉香繚繞，只有昨夜寒露攀附了花葉所遺下的冷冽。來參加法會的進香客，因為長時間的等待而從鼻翼發出了無奈嘆息，揉雜在空氣中，逐漸瀰漫成一股過度躁動的氣氛。距離商號打開店門，擺開竹蓆攤子，忙裡忙外招攬生意的那片市井氣象，還有段不長不短的時間。

於是有人開始討論起，今天的廟門，開得晚了。

我是第一次到開山町這附近，所以也不知道平常廟門幾點才開，但隔著群眾，而群眾圍著廟牆，已經可以聽見不耐煩的町民們，開始呼喚著良慧：「喂，法師啊！良慧法師！開門唷！今天不是有法會？」

今天是呂祖廟法會的日子，廟公良慧特地邀請日籍的高僧清藏律師擔任主法，法會結束還有講經時間，並且將開放對參加法會的大眾傳授戒律。

距離呂祖廟上一次的法會，已經是十年前的事情了，所以這次開壇的消息早在一個多月前就已經傳遍整個府城，無論佛道僧俗，都顧著參與呂祖廟的盛會，也想一睹這位日本高僧的德容。

陽光已然臨到了呂祖廟的大埕上，廟門被良慧廟公的兩位弟子往左右兩邊一揭，穿著海青的居士、披掛淺灰僧服以及鵝黃道袍的各宗各派長老，全都湧成了一片往大殿裡蹭。

廟裡卻不只有良慧廟公向他們作揖稽首，還有三位日本警察也在殿內，臉上掛著不懷好意的笑容，手裡晃著警棍。

人群忽然止住了腳步。

總還不時地偷看那三位警察，但是若和警察對上眼，卻又驚恐地別過臉。

來客一一怯生生地打了照面：「法師，你早。」

稱呼他一聲「法師」，儘管他不學佛亦不習道，只是在一間隸屬於道家呂仙公的祖廟裡充當管理人，但像他這樣帶著兩位徒弟立在半僧半俗的地界裡，人們總會期望他們都能比凡人更超然一些，故而稱他作法師，也稱他的徒弟作師兄。

「大家早。」良慧法師卻很泰然，彷彿那三位警察是專程向總督大人商借來的護法。

信眾們看了很久，才敢拉低了聲音問良慧法師。

「法師，那三位警察大人，也是來參加法會的嗎？」這些信眾不曉得警察是來幹什麼的，但是大家都怕慣了日本警察，不管有沒有犯罪，看到他們都會先急踩煞車，不敢亂動亂說話；甚至連呼吸都很吝嗇，好證明自己是勤儉的良民，不會佔去日本人所擁有的氧氣，一絲一毫都不與日本人爭搶。

「就讓他們去看，放心吧，這次請來的大和尚也是日本人，警察不會找什麼麻煩的，大家請準備找地方坐吧。」良慧法師發給他們一人一個蒲團，讓他們各自就地安坐，信眾們拿著蒲團，就地在大殿與廟埕裡坐下。

警察在大殿裡踱步，低聲用日語交談。不時舉起警棍，指著廟門外；用下巴摁了兩下，意指神案上的呂仙公。

警察的一舉一動，讓信眾們不由自主地縮起背脊，繃緊著每一吋神經。

等待大和尚的時間，顯得特別漫長，有人閉起眼，至少不會再看到警察一臉兇惡蠻橫的嘴臉；但卻關不住耳朵，聽見皮靴在石版地上發出叩叩叩的聲響。

那聲音在夜裡響起的時候，可以讓吵奶喝的娃兒住嘴。

大和尚似乎比預定的法會時間晚到了，但是沒有人想離席的意思。警察走到良慧法師旁邊，似乎在問法會幾時開始，何時結束？

良慧法師搖搖頭，像是在說：「我也不知道大和尚去哪裡了。」

我不是來參加法會的，法會什麼的與我一點緣分都沒有。我沒有從良慧或他的兩位弟子手裡接過蒲團，還讓警察多看了我幾眼，我為了不讓他們起疑，便轉身走了。唉，我覺得實在太愚昧無知又兼浪費時間了！我沒有坐在廟埕裡，但也待不住那種被人監視著的大殿，趕緊逃了出來，一心直直往呂祖廟的西淨方向走，假裝我只是個趕著要去借便所的生意人一樣。

但卻讓我遇到那位從日本來說法的得道高僧。我沒有執意非要見到他不可，我只是掛意他的法會成不成功，所以才老遠跑來開山町這裡看看他。

「唉呀，你怎麼也來了！」他一見到我，又驚又喜的樣子，那種純然發自內心的情緒波動，和他接下來要與信士大眾談的明心見性、克己復禮兩不相襯。我想畢竟是外在的虛名累了他，我所認識的他，只是個從法界退休的半路出家人，私底下感情豐沛，對外卻也善於隱藏，致使人們以為他很難親近。

他曾是站在法律學院磐石上的巨人，也是法醫界的前輩；雖然他出家的消息在日本已經是個舊聞，沒人打探了，但在台灣這裡，倒是吸引了不少警察的目光。大殿內的三位警察雖是來監視信眾的，但也多半帶著景仰的心情等著這位在內地聽說了很久的傳奇偶像登場。

提起他還有很多可說的，但今天他的狀況似乎不如傳言中的那般神勇。

「我想今天這麼大的事情，你一定又要腹肚痛了，來。」我拿出平常賣得最好的腸胃藥給他，這日本原裝進口的藥粉，配了溫水吞服，很快就會見效，比他這個日本原裝來的和尚厲害。

他急忙取來溫水，吞了藥粉，和我閒話了一番，約莫一刻鐘，他的肚子就不痛了。這段時間，良慧法師正在大殿陪同警察的監視，安撫那群不耐的信眾。信眾因為警察的關係，依然沉靜寡言，不敢造次；只是他們動作漸漸顯得粗魯，小小的仙公廟塞了這麼多人，個個還得端坐蒲團靜候，坐了一刻，法師道長們卻像全身長蟲一樣，亂扭亂擺，左搖右晃。

「啊，還好有你來，要若不今天就去了了。」我陪清藏律師走到大殿後的偏門，他理了理袈裟，準備升座說法，但他看我要走了，臉上還是有點不安。

「律師啊，做你放心，我先來出去，這種場合我不慣習；我還是趁早多賣一點什細，賺些瑣費，也比念佛打坐求往生實在。」我和清藏律師認識許多年，他是在日本招提寺出的家，但早已融入台灣的生活許久，根本一點日本人的樣子都沒有。對於我的輕慢，他也不以為意，只是笑笑地看著我。

「由你，不過也多謝你。法會結束後，我到菜市場和你碰面。」告別他之後，我就往菜市場去了。這時候已經開始要熱鬧起來才對。

我拉起了停在廟門旁的人力推車，一手撐著推車的橫桿，一手搖起貨郎鼓，隨著小鼓小鑼蹦噔蹦噔的節奏喊起：「賣什細喔！」

背對著呂仙公的祖廟，我也聽見信眾們齊聲隨著大磬的共鳴，緩緩誦著：「南無本師釋迦牟尼佛」，清藏律師順利開經了；我壓穩了車桿，踏步驅前，車輪嘰嘎嘰嘎滾出了兩旁街道一溜難以言喻的活力，這和我住慣的安靜街町大異其趣；而當面迎來的，還有矮籠子裡雞鴨的啼鳴與攤販的刀砧篤篤，正此起彼落。

「賣什細的，等一下。」一名穿著深紫色小紋和服的婦女追在車後，叫住了我，看是今天的第一筆生意上門了。我趕緊站定腳步，回過身來，把人力車平衡用的木頭前檔一踢，只有兩輪的車子就這麼立著一隻獨腳，不搖不晃。

「要什麼？有針線、牙刷、面巾、面桶。」

「面巾啦，要一條，要挑新一點的喔。還有面桶，要阿魯米的喔，我頭家今天從日本人那裡返來，要給他接風洗塵，過一下火。」

「沒問題，我包給妳。這樣總共是……」我還沒從車裡拿出鋁製臉盆，又來了兩位穿著漢裝的婦人，她們都認識這位丈夫剛出獄的婦人，三個人打起招呼來，沒完沒了地開始邊看著我貨車上的物件，邊閒話家常。我任她們看，沒有多講什麼，但也在一旁偷偷聽著她們的話題，偶爾插插嘴。

「聽說妳頭家今天就回來了，恭喜喔。」

「唉，我早就叫他不要參加人家的運動，偏不信，就被抓進去了。還好他是小尾的，人又沒膽，這兩個月算是給他一點教訓，看會不會乖一點。」和服的婦女從頸後推了推她的高髻，還對日本人讚譽有加地說：「日本警察算是很明理的，看他那個樣子就成不了氣候，早早放他出來。」

「對啊，我聽說，說這次那個帶頭的啊，要被押去台北大審呢。不過，若不是風聲走漏，應該不致如此啦！都是有些抓耙仔在變鬼變怪。」穿著深藍色花布漢裝的婦女，看上去年紀最長。手裡拎著一個藤菜籃，她已經買了好些蔬菜，半路遇到七姐八妹，也就忍不著那個街邊開講的個性；另一隻手雖然遮著嘴，卻更像招呼過路旁人都來一起聽她瞎說左鄰右舍的大小事情。

「啊，阿春姨別講了。一講我就想到細漢的時候，那些替神明扛轎子的人。」這一位則是穿著素淨淡粉色上衣，著嫩綠長褶裙的女子，應該不能稱她是婦人，她的年紀看上去還輕得很，應該是初為新婦的樣子。

「扛轎子的人怎麼樣？」我聽不懂這位少婦的意思，就無意插嘴一問。

「唉，阿晚伊細漢住在玉井庄啦，你想，十年前，扛神明轎的人，下場是怎樣？我說喔，阿文，你頭家這次跟十年前那次一樣，就是有人跑去告狀啦。」

我這才聽懂，年少阿晚和年長阿春所說的，都是十年前讓呂祖廟不得不閉廟門、停辦法會的那樁驚擾了全台灣的宗教叛亂事件，余清芳的西來庵起義。

從小便害怕日本警察，年紀尚輕歷事不多的阿晚趕緊轉移話題，問那位穿著和服婦人說：「阿文嫂，妳買了面桶，但是有買麵線和豬腳嗎？」

「麵線是買了，豬腳就……」阿文嫂面有難色，從囊中掏了一塊錢給我，我把臉盆和洗臉用的毛巾用麻繩子包捆給她，還找了她五毛的零錢。

她錢收下了，卻反問我：「喂，賣什細的先生，看你是外地來的樣子，你今天這樣兜兜轉轉，有看到菜市場裡面那個賣豬肉的攤子是開了沒有啊？」她沒有問，我倒沒發現，走了幾步路來，賣什麼的都有，就是沒見到賣豬肉的。一個大大的菜市場有個三五攤都賣豬肉也不稀奇，但一攤都沒有，倒是第一次碰上。

「妳哪會問一個外地的呢？他不知影，我們的豬肉生意，都讓那個夭壽的劉仔信昌整碗捧去，誰要敢跟他同款賣豬肉，他就拿豬血去人家厝腳口亂亂潑；我看啊，他肯定是昨暝飲濟了，今天爬不起來啦。」阿春說起話來嗓門很大：「我阿春啊也算是喊水結凍，沒人敢惹，但沒見過像劉仔信昌這麼惡質的人。那個山頂來的姑娘嫁給他，實在很不幸的就是了。」

「他家後叫什麼名，我忽然忘了。」阿文嫂拿了臉盆毛巾，收下了找零也都還捨不得走，三個人就在我的車邊聊了半晌；我也不顧生意，有意無意搖著貨郎鼓，停在路中央，只想聽她們說說豬肉販劉信昌家裡的雜事。那比做生意好玩！

「瑪蘭啦，講是山頂頭目的女兒。唉，她之前的尪婿金俊若是還在，就不會變成這款。」阿春很感慨地說，那個叫做瑪蘭的女子，年紀輕輕地，先是嫁給了商人金俊，生活美滿了半年多，但是不知道為什麼，某天，金俊說要出去做生意，從此就一去不回，留下瑪蘭一個人：「瑪蘭她是逃落山的，根本回不去，劉仔信昌貪圖人家的美色，好像是花了五百塊把她給娶入門的。」

「然後就是瑪蘭悲慘的開始了。唉。」年輕的阿晚為此長嘆，因為她的年紀應該和這故事中的瑪蘭最相仿的關係吧：「聽說連去仙公廟拜拜都不肯放行。」

「為什麼啊？」我問。

「劉仔信昌伊沒膽啦，怕強娶的家後，會跟人家走，乾脆把她綁綁在家裡。」阿春說道此，往腰間比畫了一下：「是真的用索仔綁起來喔，我看到，就趕快去幫她解下來。沒見過這麼惡質的人。」

「那報過警察沒啊？」

「沒用啦，警察不管家內事。」阿春氣憤地說：「劉仔信昌這款畜牲，還說是瑪蘭討客兄，說他可以殺一百次瑪蘭都沒關係。他知道是我解的索仔，就跑來砸壞我家的門窗，還說要殺我們家的人。有什麼用？警察罰他十圓就了事了。啊對了，阿文啊，妳沒有買到豬腳怎麼辦？妳頭家甘會怪你？」

「他敢？我還沒問他這兩個月有沒有想過我跟孩子怎麼過的呢！」話題忽然從瑪蘭跟丈夫劉信昌的緊繃關係，跳回到了阿文嫂買不到的豬腳上，看是沒有什麼新鮮事了，於是我踢開木頭檔，繼續往前叫賣。

但是我很在意這位叫做瑪蘭的女子，也許我有什麼可以幫得上忙的。我把車拉到市場裡最熱鬧的地方，隨口問起劉信昌的事情。

我挑了一間木條搭的老魚攤，攤頭的木板和車輪都磨損得沒有稜角了。站攤頭上賣魚的是一位少年，他手裡的刀具新得發亮，連裝魚的簍子都是新編的。手法不太俐落地殺著一頭煙仔魚，一順手，把片好的魚身放在一柄老舊的桿秤上。

「喔，你看那攤，那就是他的豬肉攤。」聽了我的問路，他指給我看，在魚攤鋪子的斜對面，同樣一個破朽的木製攤頭，掛著「劉」字大旗，有一面滿是刀痕的大砧鎖在攤上，攤子的木紋浮了一層烏黑的油光，不時有大頭蒼蠅旋飛。

「他有幾天沒來擺攤了，不過也常常是這樣，一定是他喝太多，或是懶惰吧。反正村裡的豬肉生意都被他包走了，好多賣豬肉的都轉行賣菜賣魚了啦，大家都不敢說什麼。他這樣愛賣不賣的。喔，瑪蘭她啊，她都會被劉信昌打。不只喝醉的時候打，有時候，瑪蘭在家燒香拜拜，他也亂打。她雖然是蕃婆，但是對神明很虔誠的。你說法會嗎？她不會去的，她又不識字，劉信昌也不會准她去。唉，可憐唷，誰叫她沒有才條可以賺吃，拿了人家的青仔欉，還能說什麼呢？」

看來，這位瑪蘭的確是惹人疼愛卻又無法讓人插手干預的可憐女子。人說清官難斷家務事，大概指的就是這種吧。劉信昌好說歹說也是花了五百塊，讓瑪蘭有吃有穿，要說有什麼埋怨，女孩子家說不定也會深覺沒立場而不敢作聲呢。我向魚販問到了瑪蘭的住所，打算等清藏律師法會結束後，一起去拜訪她。

如果是生意人靠近了，劉信昌應該會惡言惡語相向；但假使是日本和尚大駕光臨，諒他不看釋迦牟尼的僧面，也得看看日本總督的佛面才是。

我打轉回去，往仙公廟的方向走，想說在廟前等清藏律師。而這時候，清藏律師卻正巧迎面走來。

「法會這麼快就結束了？」

「唉，別提了，根本沒有人願意受戒。」清藏律師說，他這次傳的不過是佛門根本五戒，也就是不殺生、不偷盜、不邪淫、不妄語和不飲酒五條，算是修道人最基礎的功課：「你知道嗎秀仁，有好多人都問我可不可以只守偷盜和妄語就好。這是什麼款社會呢？貪愛酒肉嗎？還是男歡女愛真的那麼吸引他們？」

「我說，你總愛挑那種沒人肯做的麻煩事，踢到鐵板了吧。」

「但是法會上很多修行人啊，他們怎麼敢不守清規戒律呢？」

「沒辦法啦，現在就是這樣子，出家不就是為了可以輕鬆賺吃？」我毫不在乎面前就是位出家人而大言不慚開始批評出家人多麼無益於世間，靠香油錢吃香喝辣，偷娶妻生子，卻不用流汗勞動，甚至還想發起反叛運動。但他也不掛懷毀譽，尤其他知道我只是胡口亂說，他替警察辦了不少像運河案、礦坑案等懸案，並不算是那類毫無實質貢獻可言的貪僧愚尼。

「唉，走吧，我們回松本寺吧。」

「等等，我剛才在菜市場聽說了一件事情，想你跟我去看看。」

「什麼事情？」於是我就領著他往瑪蘭家的方向走去，邊走還把瑪蘭的故事重述一遍，而清藏律師果真愈聽愈有興趣；關於瑪蘭的處境，任何人聽到都會想幫點忙，更何況是清藏律師這樣德行兼備的大和尚。

「律師，等一下！」就在我們走出了菜市場，循著魚販的指引要去找瑪蘭的家，準備過馬路到隔壁巷弄的時候，後頭追上一位穿著袈裟法袍的人；他揮舞著黃澄澄的大袖，跑得又急又喘，但是一直等到他跑得愈來愈近了，我們才認出他是仙公廟的良慧法師。

「怎麼了，跑得那麼慌張？」

他跑得氣喘如牛，還扶著我的貨車喘了好久，才悠悠地用氣音，像是怕被人聽見似地，小聲地說：「出事了，廟裡出事了。」

「出了什麼事？」

「噓，跟我來就對了，小聲一點，我還不想聲張出去。拜託了。」

我和清藏律師被他這樣神神祕秘的舉動攪得有點糊塗了，但是看在他這麼懇切的請託上，也就只好隨他回去仙公廟裡。

沿路上，菜市場的喧鬧依舊，而豬肉攤還是沒開。想吃肉的人，和賣雞鴨的喊起價來。我隔著幾個攤販，聽見他們吵嚷著，說雞肉足足漲了一塊，太沒天理。肉不是天天都能吃得到的，如果存了點錢想買肉卻買不到，有這樣的心態也是人之常情；而賣肉也一樣，銷量微薄，好不容易少了敵手，當然會想坐地漲價。

回到仙公廟，這時的仙公廟一反常態地關上了大門，朱門上貼了白紙告示，寫著「法會佈置，請勿擅闖」八個毛筆墨字。

但是法會明明已經結束了。

「阿財阿原，開門，是我。」良慧法師拍著門大喊，兩個小徒弟把門揭開。

「兩位裡面請，阿財，你幫秀仁大哥看著他的人力貨車。」

「是。師父。」

跟著良慧法師往大殿走，仙公廟裡現在沒有其他人，連警察都因為法會順利結束，沒有任何可疑之處而回去警所裡報備了；卻也因為良慧法師繪聲繪影著出事了、出事了，整個空曠得幾乎有迴音的仙公廟，與方才人滿為患的盛況對比，而顯得果真有幾分陰森的氣氛。

我仔細地看著驚慌失措的良慧法師，他的年紀約莫三十出頭。

他年紀輕輕就擔任廟公一職，大概也是冥冥之間被呂仙公選中的吧。這是早上那群參加法會的信眾們讚許他的褒話，他在村町間的信用應該不錯。

方才警察在監視的時候他的確是很莊重的樣子，安排信眾們規規矩矩地等待清藏律師；但狀況一脫離他的控制，他就變了個人，滿頭都是冷汗，講話也結結巴巴，回頭再細想，以呂仙公的智慧，不該挑上這位涉世未深的年輕人。

我們一起走進大殿，只看見紅木桌案上擱了一條紅布巾，布巾底下似乎蓋著某樣形狀略呈長條型的東西，約莫是兩個拇指長的物體，而其他祭神的供品包括連平常無時無刻都阡插在大瓷瓶裡的鮮花都撤了下去，實在很可怪。

「到底是發生了什麼怪事？供品都去哪了？」清藏律師也問起紅布巾，因為那個樣子彷彿像是刻意留在桌上讓我們看的：「這個底下包的是什麼？」

「先讓我整理一下情緒，喔，怎麼會剛好在今天發生這種事情呢。」良慧法師看起來真的碰上了大麻煩，他方才在法會上故作鎮定的臉，終於有了年輕人該有的煩躁與不安，他碎唸著：「如果是平常也就算了，偏偏發生在我跟警察申請舉辦法會的日子裡。」

我想那布巾底下的東西應該和良慧法師的苦惱有莫大的關係，本來要直接伸手去揭開布巾底下的真面目，但卻被良慧法師阻止了：「先聽我說完，再看那個東西是不是如我所想的那樣糟糕。律師啊，那個剛才，就是法會啊，一直到結束之前，是不是沒有任何人來到這張桌案前，找律師您傳戒或講話？」

「不全是這樣。大家坐在蒲團上，聽我說修行人不能這樣又不能那樣，大概也是心生畏懼，法會一結束便匆匆散去，我是沒有傳戒給任何人沒錯；但私底下也確實有人走到我面前，和我隔著桌案，問我能否只守三戒或兩戒就好。」

「嗯，那些人你有看清楚他們的動作嗎？」

「清楚不過了，他們個個畏畏縮縮的樣子，很怕被我抓來傳戒吧。」

「那，法會算是比預期的還早結束了，對吧？」

「這些我和你都在場，不用再確認了，你可以直接說在那之後發生的事。」

「在那之後啊，在那之後，我就讓阿財阿原兩個人，送大家離開；那因為法會說的都是戒律教條，他們害怕被留下來要求強制守戒，所以和律師你說的一樣，大部分的人早早就散去了。到這邊為止都很正常，警察大人讓我簽了切結書，確認這次的法會是屬於佛教的活動，並且由我個人擔保所有法律上的責任。

接著我也送警察出了廟門，就和兩位徒弟開始打掃大殿。阿財阿原他們在整理供桌的時候，卻看到這東西被人用紅布巾蓋著，好大膽地放在桌上的。

所以我才要問，法會的前後，是否有人靠近桌案。

啊，我當時真不該把那切結書簽下去的，要是讓阿財或阿原代簽，就沒煩惱了。算了，我只是說說的，不可能把責任推給他們，他們不過是我的徒弟，哪裡管得到這麼大的事情？」良慧法師說完，撫著額頭，好像很懊悔的樣子。

「那就是說，警察回去之前，這東西就一直在供桌上？」清藏律師只想知道紅布下的東西到底是什麼。平常態度灑脫的僧人，一遇這種事情就專注全神戒備，難怪他經常鬧肚子痛，大概是一專心，腸胃就被絞得太過頭，都痙攣了。

「嗯，就不知道是誰，把這種東西丟到呂祖的神明桌頂。」良慧法師說著說著，自顧地把那紅布巾扯開，一扯開他還別過頭不敢再看；那紅布巾底下居然是一副肉色逐漸委靡乾癟的陽具，而且被切斷的血肉已經凝固，似乎被切下來有一段時間了；但那看就知道是人的而不是牲畜的，清藏律師也不免皺起眉頭來。

「怎麼會有這種東西？警察也在看，還有法會這麼多人，怎麼可能沒發現？可是如果是法會結束之後才出現的話，這……」清藏律師話說一半，看著良慧法師師徒三人，他們互相對看，大概也聽得懂清藏律師的意思。

法會結束後，仙公廟只剩下良慧法師師徒三人，如果真是這三人當中所為，首先，阿財阿原他們年紀都小，十多歲的人，不敢違逆良慧法師，更不用說是做出這種冒犯呂仙公的事情。照這樣看來，只有可能是良慧法師自己做的，但這樣他的求救就顯得太多餘了。明知道嫌疑很快就會落在自己身上，還特地選了個尷尬的時間點，把這疑似凶案證物的東西，如此大不敬地擺在神明的桌案上；然後跑來找清藏律師，讓我們調頭來，專程回廟裡看這副陽具的用意，實在難以猜測。

於是我也轉念一想，是否在法會正要結束的那時候，人影起身走動之間，或許在桌案前有點推擠，而在場幾百雙眼睛都因此有了不同的視線誤區與死角，才有人能趁亂把這副陽具放上神明的桌案。

直到法會結束，人群散光之前，清藏律師都在法座上，隔著桌案和那些膽小的修行人對談；也就是說，一群人圍著擺滿了鮮花供品的神明大桌，都穿長袍大袖，遮遮掩掩可以有很多機會把這個不敬的東西擺上桌，清藏律師因為這樣而錯過了目擊的先機，似乎也是有情有可原的。

清藏律師思考了一下，決定先判斷這個東西的來頭。

「這應該是我的疏忽，這個東西，是否牽扯犯罪，還是有別的因素，這可能是兇手釋出的警訊，但也可能是這個東西的主人自己割下來的。」

「但不管怎麼樣，這件事都不能告訴警察。」良慧法師說：「如果警察知道了，那麼仙公廟就會面臨史上最大的災禍了。」警察不會容許本地寺廟發生這種凶案，尤其是在那次叛亂事件之後，不管有無犯罪事實，只要妨礙了善良風俗或破壞了社會的和諧，都會讓本地寺廟面臨關閉或拆除的厄運。

「好吧，這件事情就交給我們兩個。」清藏律師也不管我同不同意，又私自承攬這種麻煩事，還順理成章地拖我下水。

「那，律師，這個該怎麼辦呢？」良慧法師指著桌案上的陽具不知所措。

「我就先收起來吧，反正你也不希望讓警察來辦這個案子，還把桌案上的供品收得那麼乾淨，也就沒有必要在意現場的完整性了。」

「那就有勞律師了。」

律師從袈裟的暗口袋裡掏出一疊純白的懷紙，抽了兩張，隔著紅布巾把那副無主的陽具包捆好，交到我手裡來：「你先把它藏到人力車的底下，我記得你有裝一個暗櫃？」

「又是我？唉，認識你真倒楣。那，我們要往哪裡去？」

「急事緩辦，我們先去看看你說的那位瑪蘭，然後再去找這個的主人。」

才提到瑪蘭的名字，良慧法師卻滿臉狐疑地看了我們一眼：「瑪蘭？她怎麼了嗎？」

「喔對，」我想起來，賣魚的小販說瑪蘭常常來仙公廟，想必良慧法師也知道她：「聽說她身世悲慘，我和律師想去慰問一下。」

「唉，是啊，她是個可憐的女子，還那麼年輕呢，希望呂仙公可以看在她那麼虔誠的份上，好好庇佑她的下半輩子可以平安順心。」良慧法師嘆了口氣，那樣子很悲憫，更讓人確信瑪蘭偷偷跑來仙公廟的次數應該很頻繁。

「那我們先告辭了。」

「兩位先生慢走。」良慧法師行了大禮，目送我們走出廟門。

出了仙公廟，外頭依然熱鬧喧雜，阿財阿原把那張告示撕了下來，正式迎接香客，早上沒來得及參加法會的信眾們也拎著謝籃魚貫而入；良慧法師彷彿什麼事都不曾發生一樣，站在門外送我們離開。

「你覺得呢？秀仁。」

「我比較相信清藏你的觀察力，所以，不太可能會有人在你的面前，放了一包紅布巾這麼顯眼的東西，而你沒有察覺。」仙公廟的大殿，有三扇左右對開的木門，跨進門後，是一處鋪了石磚的空地，也就是法會時大家席地盤腿跪坐的地方，這裡和廟埕，當時都塞滿了信眾。

面對著信眾的，首先是案發的那張大供桌，全紅木的供桌上，平常放了許多水果，疊在供盤供碗上，是水果磊成的浮屠塔；而供桌兩旁則各有一支大花瓶，插了劍蘭、百合、黃白菊等花枝，法會期間更是擺上了左右各四支同樣釉色的大花瓶，也插滿了鮮花。

如果盤坐地上抬頭而望，會看到供桌之後、呂仙公神尊之前的清藏律師，端坐在良慧法師特地請木工師傅打造的須彌台上，被花團擁簇的姿態，十分莊嚴。如果坐在須彌台上，我剛才在廟裡有試著比對看看，那張供桌的一景一物皆收眼底，以清藏律師的道行，很難有人能混水摸魚地放上什麼東西而不被他發現。

「你這麼捧我，實在很感謝；但事實就是我的確沒有看見，不管是被矇騙遮掩，還是根本時間點不對，我很確信我沒看見那包紅布巾出現的瞬間。但我比較擔心的是，良慧法師知道些什麼，但礙於呂仙公的關係，他不願明講。」

「呂仙公的關係？那是不是要把他請出廟來談談？」

「不只是那樣，他不敢在呂仙公面前說謊，是一個原因；另一個原因，就像他所顧慮的，呂仙公是民間本土的信仰，也正是總督欲除之而後快的眼中釘；如果今天不是我和其他和尚願意出面擔保，還有良慧法師自己肯安分守己，這間仙公廟可能早就隨著那次的反叛，跟著被剷平了。」

早在十餘年前，年號還是大正的時候，住在玉井的余清芳，端著他所信奉的五福王爺，聚集了一批為數不少的香客信眾，有意無意地演變為一種武裝抗日的型態；而這十餘年間，有很多被視為叛亂的運動，也都是從廟裡開始的。

我還記得，最近一次的運動發生在六合境的福德祠，當時，松本寺收容了媽祖王爺的神尊香擔，我也用人力車載過好幾尊土地公，躲避被焚毀的危機。而清藏律師和僧眾們出面擔保呂祖廟、城隍廟、天后宮等宮廟，承認呂祖城隍天后都是佛教在台灣化現的護法神尊，也承諾這些宮廟不會有叛亂或非法的文化運動。

總之，大小宮廟已經風聲鶴唳了十年，逐漸養成習慣，導致很多廟公像良慧法師一樣，從此不敢隨便鋪張祭祀，也都改穿起袈裟；少部分的人還穿著道袍，但是都很低調；向警察報備的時候，任何法會儀式都依附在佛教的名目底下。

站在良慧法師的立場，發生了這樣奇怪的事件，他一定比誰都還要惶恐。

「那我們現在還是要先去找瑪蘭嗎？」

「對，走吧。」清藏律師摸了摸他的光腦袋，若有所思地說：「先處理不相關的事情，讓我也邊走邊想想吧。」

人說瑪蘭住的房子，是一棟兩層的洋樓，劉信昌壟斷了這個地頭的豬肉生意，累積不少財富。

這一町的洋樓都蓋在同一條街上，從菜市場那裡走來，走進一條只許兩個人擦肩而過的窄巷，便可以看見兩線道的寬敞馬路在巷子的盡頭，而那排洋樓，就在那條馬路上。

我拉著人力車，所以迎面來的人都得避到一旁讓我先過，清藏律師走在我前面，好讓人來得及閃身。

「瑪蘭她，到仙公廟拜拜的時候，也走這條路嗎？」清藏略帶疑惑地問。

「這條路最近，應該錯不了。」我按照魚販的口述，找到這條巷子。

「那有一點說不通，她的丈夫如果不希望她到仙公廟拜拜，這是你聽來的消息，對吧？走這條路，就會通過菜市場，如果被正在做生意的劉信昌看見，她不就又要討一頓皮痛了？」

的確，方才買面桶毛巾還閒聊了好一陣的那三位太太，其中最年輕的阿晚就說，劉信昌很不喜歡他的妻子瑪蘭去仙公廟拜拜。什麼原因不清楚，但從劉信昌根本不到廟寺拜拜，菜市場對面的魚販也說劉信昌即使在年初九的時候，都不曾放炮慶賀天公生的舉止聽來，劉信昌或許就是那種鐵齒到家，蔑視神鬼的人。

有一句沒一句地聊，清藏律師交代我，到時候去了劉家，要趁劉信昌不注意的時候，給瑪蘭塞點日用品，至於費用就先就記在松本寺的帳上。

我拉著車，車底的夾層躺了一個陌生男人的命根子，異樣詭譎的心緒湧上心頭。清藏律師倒是澈底忘個乾淨的樣子，總是在談瑪蘭跟劉信昌。

「終於到了，這巷子也算長了。」清藏問我：「哪一棟是劉家啊？」

「我看看喔，」我把車子稍稍往前拉了兩步，挨到律師前面，很快我就認出了魚販說的劉家：「那一間，右邊第五間，亭仔腳擺了很多荷葉的，耶對，你看，有個女人提著水桶走出來的那間。」

我們趕緊過了沒有什麼車輛通行的馬路，走進了對面洋樓的亭仔腳，清藏律師看了看兩側的住家，他們的亭仔腳都收拾得很整齊，頂多有張藤製的搖椅，任憑孩子當搖馬在騎，或是午睡在椅子裡。

只有那第五間的劉家，在亭仔腳的屋樑下掛滿了荷葉，刷洗荷葉的水也潑了一地，那名女子進進出出，提著水桶，拿著一柄小刷子，細細地刷那些逐漸變黃的荷葉。

那些荷葉是菜市場攤販習慣用來墊在食物下的生財道具，或者包魚包肉，用鹹草一紮捆，客人拎著就能四處晃盪而不會沾染腥臭與油光。賣豬肉的人家，用前庭後院刷洗新舊荷葉，省得幾分錢，也是很平常的事情；至於同為洋樓的鄰居們，大概都是讀書人，念法律醫學的斯文大戶，自然就顯得這戶在市場做事的劉家，成天忙碌得十分突兀了。

「走吧。」我從玻璃窗看見自己拖拉著人力車的樣態也和這條街有些格格不入，所以我把貨郎鼓擱在攤車上，也不敢喚聲叫賣，還擔心鐵鋁杯碗敲碰在一起的聲響，驚擾了這裡的人的午休睡眠。

我小心地拉著車子，清藏安步在前頭走，我們卻都悠悠地聽到那一戶掛滿荷葉的劉家，從客廳流洩出廣播電台的音樂聲，間或還有女子的鼻哼，正緩緩從房子的深處，大概是後院取水的地方傳出來的。

「請問，這裡是劉家嗎？」

清藏律師揚聲一問，那女子只在屋內應聲。

「是，等我一下喔。」

我聽見裡頭有水花飛濺嘩啦啦的聲音，大概在洗手吧；不到半分鐘，一個梳了兩條長黑髮辮的蕃族女人從房裡走出來，她的膚色與我們一般白，但是她的五官精緻深邃，看上去便知道是高砂族的。

「請問有什麼事嗎？喔，師父你好。」她走出家門來，看見到訪的是兩位男子，本來有點膽怯地退了半步，但是看到清藏光光的頭和法會結束之後就一直沒有換下的七條袈裟，很自然地恭恭敬敬地彎腰鞠躬，雙掌合十拜了一拜。

「施主午安，貧僧聽說有位瑪蘭小姐住在這，特地來拜訪。」

「我就是，但我沒有什麼值得師父好拜訪的啦。」瑪蘭淺淺地笑了笑：「一般都是人家來拜訪我頭家。」

「喔，那請問您丈夫在嗎？」

「他喔，他不在，一早就出去菜市場賣豬肉了。」

一聞及此，我和清藏都停了半拍。

劉信昌今天沒有擺攤賣肉的事情，拜阿文和阿春阿晚這些太太之賜，幾乎全天下都知道了，唯獨忙著打理家務刷洗荷葉的瑪蘭不知情。

「那個，劉先生今天沒有去擺攤喔。」我看不過去，心想既然蠻橫的劉信昌不在，那就乾脆跟瑪蘭講清楚，要她自己做好打算：「其實是，我在菜市場聽到了瑪蘭小姐你的事情，覺得你這樣不值得，所以拜託這位大師來和我一起看看有什麼可以幫忙的。說個難聽一點的，你想要離開他，我和大師也很樂意幫忙的。」

「這，我。」瑪蘭吞吞吐吐了好一會兒，也不知道該怎麼回答我們。

「有什麼狀況，都可以跟我們講，我和這裡的良慧法師也算熟了，可以幫忙你的。」清藏律師提起良慧法師，瑪蘭的眼神轉為柔軟，似乎卸下了對我們的戒心，才一點一點把劉信昌是怎麼欺負她的事情講了出來。

「我現在的丈夫，是對我不太好，可是我實在沒有能力離開他。你們應該也有聽到町裡的人說，我還有前一任丈夫。我幾乎是在失去了金俊的消息，已經讓鄰居們接濟到他們也都快無能為力的時候，遇上了現在的丈夫信昌。信昌拿五百塊娶了我，那五百塊到現在都還沒花完，我現在，即使被信昌打了，不知道該怎麼辦，也不能怎麼辦。

所以我去仙公廟，找良慧法師，他很熱心，願意開導我，也說有機會要幫我開導信昌。」很可貴的是，瑪蘭所說的這些遭遇，居然也和那些七嘴八舌的太太們所謠傳的故事，相去不遠。我本來以為她們總會加油添醋亂說一通的。

「妳丈夫出門前，跟你說了什麼？」

「就說他要去做生意，要我把家顧好。跟平常沒什麼不一樣。」

「那他平常會像這樣偷懶嗎？」

「會，他還會到貸座敷去喝兩杯。」

「這麼早，他就沉溺酒色，看樣子，他真的賺不少？」

「是，是很夠我們兩個人花用。」

「嗯，那還有什麼是我們可以幫忙的呢？」看樣子是不用贊助他們日用品了，就不知道這樣的人家還會需要些什麼幫助。

「我想應該是沒有，如果有，我會告訴良慧法師的。」

她又提到良慧法師，我就起了一個興趣，我問她為什麼今天沒有參加法會。

「我有聽說是傳戒的法會，但我們賣豬的人家，怎麼可能不拿刀殺生呢？想想就作罷了。」

「你和良慧法師應該也很熟吧？」

「沒有什麼熟不熟，誰到仙公廟去，都會遇到他吧？那樣，全村的人都和他熟了。」

瑪蘭笑笑地說，看起來，今天是一個很尋常的日子。丈夫跟平常一樣偷懶不工作，人們依舊在她背後指指點點卻不敢伸出援手，而來慰問的人們，總是不知道她需要的究竟是什麼。啊，每天，幾乎都是這樣在刷洗荷葉的聲響中，流水無情伴隨青春年華淌了一地濕潤。

「那，那就打擾了，有什麼需要再來找我們或良慧法師吧。」

「謝謝，謝謝師父。」她彎著腰，清藏律師也還了禮才轉身離去。

「怎麼樣？」走出了瑪蘭家，回到那條通往菜市場的窄巷，我才問起清藏的看法，他依然走在前頭，腳步似乎很輕快，像解決了一樁大事一樣。

「不怎麼樣，世間男女情愛總要面臨這種苦難的。」清藏律師胸有成竹地說：「反倒是仙公廟的事情，我方才終於想通了。關於那包布巾，出現在仙公廟的時間點。我想，良慧他看到紅布巾之後，不知所措，想到我對刑案有點研究，就追出來找我。」

「這是很自然的，人之常情。」

「但如果，他把這個丟到運河去餵魚，會有誰知道呢？你想想看，這件小事情有必要讓他這麼驚慌嗎？」

「啊！所以，他來找我們，有別的用意？」那一副陽具，不過就是一丁點的碎肉，如果良慧師徒三人都與陽具的主人沒有牽扯，大可以丟到河裡，不必如此聲張地又找來兩個外地人一起當目擊者。

「對，而且他籌備了至少有一個月以上。我懷疑，根本就是他盤算好的計畫，邀請我來這裡舉辦法會，好讓我替他面對。只是不知道要面對什麼。」

「可是，為什麼呢？你和他又沒有過節。」

「甚至有恩於他，對吧？所以是不是這樣，他其實是專程找我求救呢？」

清藏這麼一說，彷彿也點中我閉塞的靈竅，但我不知道該怎麼說出我的感想。

「你等著看吧。」清藏律師推論，良慧師徒三人和那副無主陽具有著微妙的連結：「我們先回松本寺去，等個幾天再回來。」

「就這樣回去？不用跟良慧法師報備一下？」

「嗯，讓他著急一下，他應該會主動告訴我們實情。」清藏律師快意地揮舞著大袖跨步向前，走了幾步之後，回過頭來，很肯定地對我說：「就算他還想隱瞞，也已經無法把這個大謊說得圓滿了。」

## 下

由清藏律師親自開山創立的松本寺，佔地不算大，藏在一條寬不過三間左右的窄巷裡。從市中心出發，往海的方向走，看到望月橋之後，再過去十多間的路程，快到上鯤鯓那一帶，就可以看到松本寺蓋在市役所贊助了長寬最多半町左右的小地。寺裡的開辦雜支，到目前都是靠鄰居們聽說日本和尚要來這裡當住持，便大方捐獻出來的。松本寺的鄰居想要藉此獲得福蔭的想法，無可厚非，因為他們都是些收入中等的住戶，所謂的中等，就是每天到別人的工廠或會社上班，一個月領得到十圓左右的薪水；如果夫妻都在做事，那就算很過得去的中等家庭了。若不祈求神明，他們都是無法躋身發達顯貴的一群普通人。

松本寺和這樣的鄰居為伍，日子自然是安逸寧靜。

所以當四位裝備整齊的警察，各自都提著一個公事包，臉色凝重地佇立在松本寺的山門前時，便驚動了左鄰右舍。鄰居們圍觀好了一陣子，決定派兩組人員，分別到巷口和巷尾去把風，我和清藏律師才剛走到巷口，就被拉到一旁，他們指著山門下的警察，問我們發生什麼事，警察怎麼會親自登門拜訪。

「你們去惹到警察喔？」

「不是啦，你們沒有看清楚，那位身材略高的，不就是田邊先生嗎？」清藏指了四人當中個頭稍高的一位警察，同時也喊出他的姓，落落大方地走向松本寺的山門：「田邊桑，你怎麼會來？」

「喔，律師您回來了。」田邊警察用的是敬語，他也帶著那三位警察對清藏敬了禮。田邊警察就是前些日子辦理運河案的經手人之一，如果不是清藏律師出手相助，殉情的真相難以查明，幕後的指使者也將逍遙法外。

「你們三位不是？」清藏一看，就認出這三位是早上守在法會的警察。

「是的，我把他們都請來了。」

「我們進去說吧，這裡人多。」清藏大概知道是要談些什麼了，他輕輕轉過頭來，對我招招手；我看出意思，拉著車，停到山門內，把裝貨的紗櫥蓋起來，暗櫃的木板也關實了，都分別上了鎖，才跟著走進寺裡。

其他的人，總是圍在寺院的門外，繪聲繪影地猜起清藏律師的前半生，應該是個功勳顯赫的貴族派。從原本擔憂受到牽累的心態，轉而羨慕起清藏的身分。

「秀仁，可以的話，幫我們的客人準備熱茶。」
「不用麻煩啦，我們只坐一下子而已。」
「沒關係，我泡茶也很快。」我走進方丈室隔壁的茶水間，那是一個沒有裝潢的水泥隔間，除了水槽與杯碗棚架之外，也有熱水壺可以燒水。平常如果有茶會，這個小隔間便能派上用場。清藏律師喜歡濃厚的抹茶，配些甜膩的糕點像練切餡那種，稍稍懂得茶道的名流們，便有許多話題可以跟清藏律師切磋。
我給在場包括我自己六個人各泡了一杯熱茶，都是淡麗而方便入口的煎茶，最適合趕時間的人飲用。而在我準備的同時，也能聽見清藏與田邊的寒暄差不多結束了，隔壁的談話正逐漸進入正題，我便端好六杯茶湯，走進方丈室。
「來，請用茶。」
「謝謝。那麼，我就請城之內警員開始講述，他們三人的工作內容。」田邊開了場之後，兩手握拳放在大腿上，微微地傾著半身鞠了一個小躬。
「我們其實在追查良慧先生，我們不稱他法師或大和尚，因為實際上，我們都知道他是假的和尚。」城之內說，他們奉命調查一樁人口失蹤的案件，已經有兩個禮拜左右了：「失蹤了兩個禮拜，家屬都沒有來報案，我們接獲報案之後覺得很奇怪；而自稱最後見過那位失蹤者的報案人，是一位菜市場的菜販。」
「那位失蹤者的身分是？」聽到菜市場，清藏律師不免皺起眉頭。
「姓劉，叫信昌，是菜市場的豬肉販。我們去找過他的家屬，也就是他的妻子瑪蘭，她對這件事情毫無警覺，也渾然不知丈夫的行蹤，我們覺得很奇怪。」

城之內一說完，清藏律師倒吸了一口氣，他的手裡捏著脖子上長長的黑瑪瑙掛珠，不由自主地轉動起珠子，眼神還頻頻瞟到窗外去。

「怎麼了嗎？」

「這個嘛……。」清藏律師不知道該不該說，但看樣子他不打算說得很澈底，故而神態飄忽：「因為我們剛才在菜市場，也有聽說劉信昌失蹤的事情。然後，也去見過瑪蘭了。」

「喔，那應該會有很大的幫助。是這樣的，我們的調查也是從菜市場開始。那位賣菜的先生，來和我們報案，說劉信昌在十四天前的夜裡，走過仙公廟前面的那條路；因為夜路很黑那個菜販不確定劉信昌有沒有走進廟裡，但之後到今天，整整兩個禮拜，都沒有看到劉信昌來擺攤子了。」城之內繼續補充：「很奇怪的是，那樣連路都不清楚的夜晚，仙公廟的門是開的，門前的燈籠也是點著的。所以我們才會拜託田邊桑，來松本寺，想問問看律師的看法。」

我聽到這裡有些疑問，但是我沒有提出來，讓城之內繼續解說事發經過。我想到的是，既然夜路深黑，菜販如何肯定那個人就是劉信昌呢？就算靠廟門外的那幾盞燈籠，也不足以確認深夜中的人，就必定是劉信昌吧。

這樣的證詞瑕疵城之內也看出來了，他彷彿聽見了我的心音，拿出一疊資料說：「我們也懷疑，菜販可能看錯，但實際上，這是菜販第二次來報案了，劉信昌的消失，我們關注了兩週。關於劉信昌失蹤的時間，差不多就是在那個時候。隔天早上，他的豬肉攤就沒有開張了。而且，除了菜販，我們還有別的證人。」

城之內請他旁邊另一名員警，也拿出了他自己的資料，那名員警繼續接手城之內的報告，開始講解報案的經過：「先自我介紹，我姓川島，當時是負責作筆錄的人。那位菜販跟我們說，他很肯定那個消失在仙公廟前的男人，就是劉信昌。因為，早上大家都聚在一起作生意，無論是衣服或髮型，都是很容易辨認的。」

「所以你們懷疑，是良慧對劉信昌下手？動機呢？」清藏律師問。

「良慧先生的動機，應該是劉信昌的妻子，瑪蘭吧？」川島又從資料堆裡抽出另一本口述紀錄：「這是瑪蘭鄰居提供的，這位鄰居是一位年輕的醫生娘。她說，這半年來，瑪蘭三天兩頭就會跑去仙公廟，去的時候總是拎著空空的謝籃，回來的時候，謝籃似乎卻都是滿到闔不起來。」

「聽這位醫生娘的說法，瑪蘭用拜拜掩人耳目，而且她到仙公廟之後，還能拿到不少東西回家。」清藏喝了一口茶，好像在嫌那茶水太淡薄了，嘴裡咂了兩下：「可是，這也不能斷然地說仙公廟有什麼問題。」

「我們也有問那位鄰居，問她是否有在那天晚上看見劉信昌外出。她說，那天很晚了，無法確定誰在什麼時候外出，但是她深信那天晚上，隔壁劉家的人都不在家。她是醫生娘，不用工作，待在家裡的時間多過任何人，我們在某種程度上，認為她的證詞很有參考價值。」

「怎麼說？」清藏律師不理解，警察是否把宗教問題也算進案子裡了。

「不只是她，瑪蘭所有的鄰居都說，看過瑪蘭和良慧先生並肩走在一起。律師，如果你去過瑪蘭住的那條街，就知道她的鄰居都是閒人，要整天監視她家也並非不可能。只是我們還沒有詳細去調查這方面的線索，所以不敢斷定。」瑪蘭住的那條街，隔壁鄰居有任何動靜，應該都會察覺。

「嗯，只是，瑪蘭提著謝籃到仙公廟的身影，應該全町都有印象吧。」清藏律師說，瑪蘭經常和良慧法師有互動，日久生情，也是極有可能的。

「是的，所以我們的方向，就依照醫生娘的證詞，把目標鎖定在仙公廟。菜販看到劉信昌的那天，瑪蘭傍晚就提著謝籃出門去，一直到醫生娘他們家吃過晚飯，劉家的門始終都是深鎖的，燈也沒開。」

清藏律師聽著報告，心裡原本就有些盤算，銳利的眼神似乎更篤定了他的推斷方向是正確的。我則是低頭抄寫川島或城之內在談話中透露出可能很重要，或者根本只是冗言贅詞的訊息。我想，只要慢慢整理，案情應該就會很清晰了。

「這些本來都不能跟你們講的，但是田邊桑說，你們是值得信賴的探偵，所以，希望你們不要把消息走漏。」

筆記寫到一半，我也開始在想，瑪蘭住的那排洋樓，鄰居們天天都能聽見或看見她發生不幸，但她也照樣會拎著謝籃跑到仙公廟去找良慧法師。究竟該如何面對這樣的鄰居？當她被劉信昌打得鼻青臉腫而不得不夜半敲門來求救，有人願意拯救這樣的女子嗎？即使是背負著可能會被劉信昌殺掉的厄運。

「總之，我們希望能找到劉信昌；如果找到的是屍體，那也要揪出兇手。」

清藏律師把茶飲盡了，悠悠哉哉地把杯子擱在榻榻米上，語帶含混地說道：「就是仙公廟吧，我會去看看的；以我這前法醫的身分。」

「謝謝，真是太感謝了。那麼，打擾了。」田邊和那三位警察，帶著他們的資料，一起離開了松本寺，而寺外看熱鬧的人還未散去；我送警察走的時候，被鄰居們拉著問了好一陣的話，盡是些無聊的揣想。

人群漸漸散去，町內又恢復往常的寧靜。這裡都是住宅，沒有作生意的店家；住戶臨著一面向海的運河，聽擺渡的聲音，過著簡單的日子。天空的雲彩像燒了起來，橘紅色的舌焰，舔舐著淺藍色的圓月如一張瓷盤。松本寺的屋瓦，頂起黯黯雲影，在庭院裡，清藏律師盤腿坐著的身影被拉得好長好長。

「到這裡為止，案情已經很明朗了。」送走警察之後，我把茶盤杯碗整理了一下，便與方丈室裡的清藏對坐了數十分鐘；兩人沒有交談，任憑時間與思緒流過。而他忽然睜開了眼，彷如出了大定，他說案情明朗了。

但我的筆記上還是一團模糊，迷霧一樣的疑案，兵分兩頭沒有結論。

「我還是不懂。」

「嗯，應該只是小環節而已，你的筆記我看看。」我把筆記拿給清藏看，他看著那些隨手亂記的訊息，撫著光光的腦袋，微微笑著。

「真噁心啊，你的笑容。究竟是怎麼樣？」

「哈哈哈，我覺得你寫到這樣，算是不錯了。」

我自己再仔細看看，節理最清楚的筆記當屬這一段：

「五月九日，傍晚，瑪蘭一如往常提著謝籃離開家裡，未歸。

同日，將近午夜，劉信昌失蹤於仙公廟門前。

五月十六日，接獲菜市場菜販報案。

至今二十三日，已滿兩週，菜販再度前來報案。承辦警方委託田邊警官尋找清藏律師。

同日，呂仙公誕辰，呂祖廟於一個月前，便已由良慧法師發函，邀請清藏律師主法，傳授佛門五戒。

上午十點，法會結束，神明桌案發現無主陽具。研判已經割下數日，但似乎還沒開始腐爛，懷疑有用鹽巴或藥劑處理過。仙公廟只有良慧與徒弟，共三人。

十一點，拜訪瑪蘭，瑪蘭謊稱早上還有見到丈夫。

下午三點，回松本寺，由田邊帶領城之內等警察，交代案發狀況。」

我自認沒有遺漏任何重要的資訊了，但還是惹來清藏偷笑。

「走吧，我們到仙公廟去。」

「這麼晚了耶？」

「放心吧，現在去正熱鬧。」

「喔？」

「你的推車記得。」

一整天下來，往返這兩地，我的手腕也推得有點疼了；但為了能夠破案，硬著頭皮也要推去。

從松本寺到仙公廟，大概有四十幾町遠，少說也要快兩小時才走得到。港邊有幾戶人家，早早點上了煤油燈，準備要出航去了，藉著他們的光，還看得出一個海港的輪廓在夜色中搖盪；巷子裡也不乏貸座敷點來招攬客人的刺眼燈泡，像安康魚的頂燈，招進多少肥潤的荷包，卻也吐出了多少乾枯的柴骨。

「來，這個給你提。」我從紗櫥拿出了紅燈籠，交給清藏，讓他在前頭照路。推車的車頂則是掛上了煤油燈，隨著我推車的幅度，左右晃蕩。我們兩個走在夜路裡，宛如喜神喪神約好了，在台南城裡夜巡。

好不容易走到仙公廟，卻吃了閉門羹。

「沒開耶。」我看那兩扇朱門，像早上那樣深鎖，簷下的燈籠也沒點著。清藏律師怎麼會說晚上才熱鬧呢？

「嗯，相信我，裡面有人。而且不只師徒三人。」清藏律師很篤定地說裡面有人，但他只是繞著廟牆，還沒有打算叩響獸環的意思。

「那現在怎麼辦呢？」

清藏律師要我對著仙公廟的正門大喊：「找到劉信昌了！」他說這樣才能引來真正的犯人。

「等我躲好你再大喊喔。」

「好。」

我看清藏躲到廟牆邊的陰影裡，只剩下那盞紅燈籠在風中搖曳著。便大力拍響紅木廟門，扯著喉嚨大喊：「我找到了，我找到劉仔信昌了！」原以為廟裡的人會慌張地開門來迎，卻沒想到比他們更快的，是住在廟旁的住戶，全都把門窗打開來，一臉詫異地看著我。

我以為吵到他們的休息，但看他們的表情，卻又不像。

「七晚八晚，你是在亂喊什麼？什麼劉仔信昌？」有位太太站在二樓的露台上對著我大吼，我抬頭一看，正是今天早上穿著藍色花布漢裝的那位阿春。

「我，我找到他了。」

「哼，尚好是找有！」阿春怒斥一聲，鼻子裡的氣一噴，從露台走進屋裡。我本來以為她會走下來找我理論，可是沒有。那位喊水可以結凍的她就這樣靜了下來。而至於那些探頭探腦的人，也都默默地掩起門窗，不理我了。

「喂，開門啊，我找到劉信昌了。」我不死心，繼續敲著廟門。大概五分鐘後，廟門終於打開了，來開門的是阿財阿原兩人。

「什麼事情，這麼晚了？」他兩人一付不想理睬我的樣子，門只各開了一半，虛掩著還不讓我往裡頭探。

「你師父在不在？」

「在啊，在裡面，你找他幹嘛？」

「呃，我找到劉信昌了。」

「什麼！」他們像是聽說死去的人復活了那樣驚訝，瞪著大圓眼珠看著我，看了幾秒，忽然同聲大笑起來：「哈哈哈哈，沒可能啦！你不要隨便拿個人來騙我們了。」我任憑他們縱聲大笑，我知道包括阿春那些鄰居，現在正躲在門窗內偷看著我和阿財阿原，看著仙公廟這裡。

「阿財、阿原，是不是清藏律師？」

這時候，從背後傳來良慧法師的聲音，反而嚇了他們兩個一跳。只是阿財阿原身後站了兩個人，除了良慧法師，還有瑪蘭。

這麼晚了，她怎麼會在在這裡？

「師父，不是，是跟律師一起來過的，那個什麼賣什細的秀仁。」

「嗯，你們先退下吧。」他們兩個退到門邊，而我跨著大步就這麼連人帶車，慢吞吞地拖拉推車進廟裡去。

「是清藏律師讓你這麼做的嗎？」

「對。」

「他人在哪裡？」

「我在這裡。」清藏律師從廟牆邊走了出來，他手上那柄燈籠的光暈把他俐落簡潔的身形照得比天上月光還冷冽：「你算準了我會來的，對吧？」

「我只是認為，清藏律師如果能夠看懂我的用意，就會願意幫忙。」

「這不是幫不幫忙的問題，我希望你們能把事情說清楚。」清藏律師認為還是要他們自己親口招認，否則好像都是清藏律師在誣陷他們：「說吧，為什麼要刻意引我們過來？從松本寺引到仙公廟，辦了這場法會，為什麼好端端地要讓仙公廟捲入你們的男女是非？」

「這不是男女是非，律師。請你聽我好好說，我希望說完，您和您的朋友，能夠不要把這件事情說出去，尤其千萬不要讓警察知道。」

「好，但是你要保證，這件事情不是出於你們的私心，而事件過後，你也要嚴守清規，我才肯幫你做個了結。」律師已經想好怎麼跟他們談條件：「瑪蘭妳呢，我會想辦法幫你問出金俊的形蹤，不管他還要不要妳；而這往後的日子，妳就要替自己找一個賺吃的出路，不要再依賴男人了，知否？」

「是。」他們兩人同口答應，要我們進大殿裡談。

「有誰可以告訴我，現在發生什麼事嗎？」我實在看不懂清藏律師的安排，從我們夜訪仙公廟，到清藏律師談條件等等，都已然超出了我對這樁案情的理解。究竟瑪蘭和良慧法師做了什麼事情，既可恨卻又不得不原諒，讓清藏律師一再忍讓到現在，還說要幫瑪蘭找金俊。

「讓他們自己說吧，我點破了，他們反倒會不承認呢。」清藏律師道。

「你們哪個先講？」我聽見自己有點氣急敗壞了。

「瑪蘭，妳先告訴他吧。你們是如何聯手殺掉劉信昌的。」

「什麼？」我聽到清藏律師說的話，不敢置信地看著瑪蘭。

瑪蘭清清喉嚨，那聲音淺淺的，有點膽怯，說起這一個月來所發生的種種。

「其實，我和良慧法師真的沒有什麼，像他這樣不帶邪念的修行人，不可能對我怎麼樣的。很多人聽完我的身世，都只是想占我的便宜而已，但他不會。

不好意思，雖然你們認為，我現在說的，並不是最重要的，也不是秀仁先生您想聽的。但我不希望，有人對良慧法師還有誤解。」

「嗯，那你繼續說吧。」

「好。」瑪蘭說：「因為我的丈夫信昌，除了有錢之外，並不是一個可以託付終生的人，秀仁先生你也聽說了，他在開山町的名聲很差。」

「對。」

「但是町內的人也拿他沒有辦法，只能看著我一個人受苦。直到，良慧法師想了一個辦法。一個把我的丈夫劉信昌殺掉，而不會被警察追究的辦法。」瑪蘭說，這個辦法是大家都贊成，分工執行的。聽了就毛骨悚然。

「怎麼可能？死了一個人，要如何不追究？那個賣菜的，不就報警了嗎？」

「秀仁先生，我問你一個問題。」

「嗯，請說。」

「你到我們這町來，是不是才碰上第一組客人，就聽說了我的事情呢？」

「是啊，又怎麼樣呢？」

「其實，阿文嫂、阿春、阿晚，都是刻意跑去講那些話給你聽的。」瑪蘭帶著歉疚的羞紅臉頰，低著頭不敢面對我：「還有報了兩次案的菜販、指路給你的魚販、讓警察做口供的鄰居醫生娘，全都是先前就套好的了。」

「所以瑪蘭才敢騙我們，說她早上還有看到她的丈夫。全町的人也會配合這個說法的。」清藏律師說，他在確定了瑪蘭明知丈夫失蹤，卻不明講的時候，便認清了整起事件的真相：「接著就換我來分析，我所看到的事實吧。總之，瑪蘭不是一個人忍受信昌的暴行，村町的人也看他不順眼很久了。有幾戶原本賣豬肉的，都被他威脅過吧！所以，他們決定聯手把劉信昌這個人給解決掉。而他們，瑪蘭，如果我沒有推斷錯的話，劉信昌是被你們分著吃掉的，對吧？」

瑪蘭沒有回話，頭卻低得更下去了。

「包括阿春阿晚這些人，他們都有吃。這是讓一個人消失最好的方法，澈底地吃掉他。反正，劉信昌的行徑在你們這町上，早就積了不少怨恨。」清藏說，當他猜測出這種慘無人道的殺人手法時，也和我現在的表情一樣有點錯愕，不願相信，手裡搓著脖子上掛珠，久久不能相信自己腦中推理出來的結論。

「恨不得能吃掉他的想法，不知道是誰提出來的，但獲得所有人一致的同意；而我會發現，是因為劉信昌明明失蹤了兩週，豬肉攤也有兩週都沒有擺出來了，妳卻還有那麼多的荷葉要刷洗，而且新舊葉子都有，我就能猜得到，妳最近用這些荷葉包過肥膩的東西，例如肉類，而且體積都不小。對吧？」

瑪蘭只是輕輕地點點頭，算是認了罪。

「所有的町人也都用了你們家的荷葉，包著劉信昌的屍塊回去分食；而良慧法師說，大家一起面對，一來解決了菜市場的惡霸，二來拯救瑪蘭妳。這樣的說法獲得大家的響應，撿了一個劉信昌喝醉的夜晚，胡亂幾刀分屍之後，趕忙著這幾天才把他吃完。」

「但是，你如何這麼肯定，是我們這些町人們吃的呢？」良慧法師本來以為自己萬無一失，還想推翻清藏律師的論斷，以為他是胡猜的；沒想到反而又被訓了一頓。

「很簡單，一個長期壟斷豬肉生意的肉販消失了兩週，你們的菜市場卻遲遲沒有人在賣豬肉，原因不是沒人敢賣，而是你們的肉，根本都還吃不完！」清藏律師說到激動處，指著良慧法師罵道：「你就是主謀，還想要探我的底限嗎？我已經說了會幫你們，你就不必再質疑我的能力了。你算是主導殺害劉信昌的人，所以必須把整件事情善後，你早在一個月前就邀我來仙公廟，趁著呂仙祖的誕辰，啟建法會。然後，趁我在的時候，想把那副劉信昌的陽具以及它背後的謎團拋給我。」

清藏律師說得很明白，良慧法師是故意誘導所有人來仙公廟的：「這就是我們現在出現在這裡的原因。連最後這一步，都在你的盤算中。我曾經保住仙公廟的香火；而這次，除了香火，同時也是為了瑪蘭這位可憐的女子，你一定是認為，多謀如我，也必須犧牲劉信昌的死亡真相，以換取仙公廟和瑪蘭的安全。

其實，那個紅布巾從法會一開始就在桌案上，只是疊在水果塔的前方，我的視線是絕對看不到的。本來在法會進行當中，紅布巾就該被揭開，而與會的會眾，其實都知道劉信昌已經死了，你就打算用這群眾的力量，逼我就範，逐步走上替你出面矇騙警察，並替仙公廟說情的佈局。

但因為警察局臨時派了城之內他們來監視法會，為免招致太多不必要的注意，只好等到法會結束後，你和弟子刻意破壞了桌案的陳設原貌，只留下紅布巾和陽具在桌案上，然後跑來找我回去。」

「原來是這樣子，良慧法師，我真是低估你了。」我聽完清藏的斷案，這才對良慧法師改觀。呂仙祖選上的這個年輕人，實際上冷靜得像是長年打滾在江湖的人，演得一手好戲，絕不是省油的燈。

我問道：「我在菜市場聽到的，還有他們面對警察的說詞都是假的？」

「對，只是要塑造出，所有的疑點都在仙公廟，讓警察把焦點都放在仙公廟。當仙公廟碰上如此巨大的存亡危機，秀仁你說，曾經救過仙公廟一次的我，如何袖手旁觀呢？」

「那，那這兩週，菜市場沒有人在賣豬肉，難道警察都沒察覺嗎？」我看著筆記，面對這些突如其來一一被破解的真相，逐條逐條把自己錯誤的檢證刪去之後，才發現很多信息似乎早就透露在筆記裡，只是我無法連貫成有力的推論。

「沒有賣豬肉，豈是很嚴重的事情呢？豬肉這種東西如果不是神明生，一般很少會想買來在家裡吃的。」清藏說：「沒有豬肉，意味著鄉民們沒有牲禮，那民間的迷信運動不就自然停止了嗎？警察才希望菜市場永遠都不要賣豬肉呢。」

良慧和瑪蘭都沒有說話，像被罵的孩子一樣低著頭。

他們已經甘服清藏律師的所有論證了。

清藏律師說：「那麼，我就去跟警察還有任何想查這樁案子的人們說，劉信昌是在聽完我的法會之後，大徹大悟，切下罪根，隱居修佛去了。」良慧法師要清藏律師來談戒法，而所有的戒法，始於懺悔，懺悔當中，又以公告天下的發露懺悔最有實質的效力：「這畢竟是說得過去的，如果真的說不通，我也會請田邊幫忙打點。」

清藏律師叫我把那副陽具給他。我打開了暗櫃的鎖，那副陽具依然完好地躺在木櫃子裡頭，但已經開始散發出一絲絲難聞的氣味了。

「嗯，拿去吧。只是，你真要怎樣說？」

「這個說法是最完美的了。」

「這是什麼道理？一個人就這樣蒸發？城之內也有到法會現場，不是嗎？」我儼然是城之內那些負責查案的警察角色，針對清藏律師的說詞提出疑問。

「靠殺豬為業的劉信昌，自感罪孽深重，想出偏激的方法，一怒之下揮刀自宮，放著家中妻子不告而別，從此躲進深山了。這還不夠有力嗎？」

「這樣真的說得通嗎？」

「那好，最後再加上全町的人有目共睹，都說親眼看見他來參加過法會，又親眼見他告別町人們。如果你是城之內，你要如何反駁我們呢？所有參加法會的人都說有看到劉信昌，你說沒有看到，你反而會被上級認為是不夠用心吧！」

所有旁觀的人都指著劉信昌，明明白白地說他悟道了。那還有誰可以反駁得了呢？

隔天早上，我就和清藏到城之內任職的局裡，把證物交給他，並且和他說明了事件的原委。

「你可以到開山町調查看看，他們都是很純樸的人。仙公廟畢竟也是我擔保過的正派道場，你們可以放心地查。」清藏律師如是說，城之內看著那副陽具，大概也覺得有點噁心吧，從抽屜裡拿出橡膠手套戴上，那陽具放進一個牛皮信封裡，沉甸甸地壓出了一個詭異的長條形狀。

那副陽具，將會交給法醫單位保存，將來如果案情發生變數，就會以此證物重新展開調查的工作。

「謝謝律師的協助，關於劉信昌的失蹤一案，我們還是會希望能找到他本人。不過，我們也知道律師您的意思，往後應該不會朝著仙公廟和瑪蘭的方向偵辦了。」城之內雖然說還要繼續找劉信昌，但是他儼然是看在清藏律師的面子上，願意轉移辦案的焦點了。他握起了律師和我的手，不斷鞠著躬說：「律師、秀仁，你們回去路上小心，很謝謝你們這次的幫忙。」

「不會，這也是我平常無聊的興趣罷了。」

最後一次走在開山町的路上，我們多繞了一段路，來到瑪蘭住的那條街。望著瑪蘭的家，她已經不刷洗荷葉了，而是在亭仔腳，給人搓麻繩做家事活。她輕撫著及肩的黑髮，悠悠地唱起了歌來，她的歌聲越過馬路，傳到我們耳裡，而彷彿有感地，她也瞧見我們，點了點頭，表示謝意之後，又繼續放聲唱歌。

我和高砂族的人做過生意，我能聽懂她唱的歌，而我也會唱，便隔著一條馬路，輕聲與她相和：

「Ano caay kamo pisolol to tireng ako inaOmaan say ko pinang ko nika patay makinotolo toloan no kasoling。」

那是一首哀傷的情歌，我記得。

瑪蘭唱著有點憂傷的情歌，在她獲得新生後的日子裡。

「如果，這次只有瑪蘭來求你，沒有什麼寺院的委託，律師你會怎麼做？」

「你問錯了。瑪蘭的遭遇如此令人同情，你認為我會怎麼做？」清藏律師搖搖頭，說：「雖然那畢竟也是一條命，我應該舉報出來。但你認為，警察會怎麼對待協助殺人的瑪蘭呢？唉，不能什麼都依照著，所謂的正義，那把法律的尺，來丈量這些事情。希望開山町的人，包括良慧和瑪蘭，希望他們都能懂。」

關於一念的生殺，就連清藏律師這樣充滿學問的僧人碰上了，也不再是那麼純粹且自在的問題吧。

【本篇完】

# 和尚藏髮簪

# 一日目

月色迷離，氤氳著白色的水氣，裹出了一團團朦朧的月暈，看上去，像是要下雨的樣子。寺院的山門下，負責接待訪客的知客僧廣印，正收拾著他的文房工具。他把還未乾透的毛筆甩了甩，才要離開的時候，忽然從透著月光的紙門，看見一道人影，往山門的方向走去；輕輕拉開紙門，向山門外一瞄，認出了走出寺外的那人，正是最近剛升座替四眾弟子講述禪法的道會禪師。

道會禪師已經是教授師、大比丘了；而出家才滿兩年的廣印，只是個沙彌。寺裡的庶務雜事基本上都是由沙彌輪值管理的，現下身為知客僧的廣印，不只要細心接待參拜的訪客，當然也還得管理僧人的出入。

「道會師兄！」廣印趕緊出聲喊住了道會禪師。

「噯！」被喊住的那人果真嚇了一跳，哼了半聲，趕忙故作鎮定扭回頭來。暗夜中兩人對眼一看，沙彌廣印沒有認錯，穿著一身玄黑的法衣，脖子上掛的金襴袈裟，印有宗派專用的龍膽花樣。那對銳利的目光，和挺拔剛毅的臉孔，即使是在這無燈的深夜中，廣印依舊認得清楚，這位正裝齊備，像是要趕赴法會的僧人，就是道會禪師。

「我還想說是誰呢！這麼晚了，你怎麼還在這裡？」道會禪師看這問話攔路的人是沙彌廣印，便反問起廣印的行蹤。佛門戒制必須謹守，沙彌是沙彌，比丘是比丘，況且比丘中還有僧正、阿闍黎等不同位階，凡是佛門之事，絲毫不能僭越。廣印對於道會的非法夜出，最多也就是出言詢問提醒，至於要不要聽從，那還得看道會的意思。

「喔，我把筆墨忘在這裡了，正要拿回房裡晾一晾。師兄，您這是正要出去嗎？這麼晚了，住持知道嗎？師兄，你可別讓我這師弟不好做人啊！」廣印的佛門入得晚，雖然說是沙彌，但看上去也不過就是道會禪師的兄弟之輩。他那央託的樣子，就像是兩個男人間總也會藏點什麼祕密一樣。

「呃，是。我去，呃！」道會禪師被問得一時語塞，也不好誆作住持的法旨，乾脆了當地說：「住持還不知道，我會報備的。師弟你先休息吧。」

「那，師兄你好歹也說一下，大概是去什麼方向、或是見什麼樣的人，遇了事情我好有個說詞。」

廣印這麼死纏爛打，就是要問去哪，道會禪師為了脫身，便隨口說：「去找粿仔麵。你就說我去找粿仔麵。」

「現在九點多了耶，哪裡有賣粿仔麵，就算有……。」廣印心裡頭琢磨，沒說出口的質疑是，這東門四周晚上九點以後的麵攤，都在賣葷食……。

「唉呀！你不就是要個說詞而已嗎？就這樣啦，我先走了。」道會禪師頭也不回地離開了禪寺的山門，留下一臉錯愕的沙彌廣印。

## 二日目

五月，夏暑方盛，午後的寺外驟然來了場雨，蒸溽之氣消褪泰半，是清涼甘露。

風雨飄搖中，紫陽花正開得絕艷無比，走過緣廊亦不免讓人想多看幾眼。

清藏律師忙提著一柄裝滿熱水的生鐵鐵鍋，從茶水間走了出來，他一跨進方丈室裡，便順手拉上紙門，雨聲雨景頓時被隔絕在外；淺淺地傳入滴滴答答的雜響，像棉絮在空中旋舞，若有似無地介入我和他的談話聲中。

這個下午已經吃了第二碗茶，本就不甚熱絡的話頭，業已聊到盡處。

現在剩下的只有紙門外奚落的雨聲。

我看著律師，而律師的目光卻始終在遠方。若有神思，或沒有。反正我也不好意思問，他似乎也不願講，索性就什麼話都不說了。但說是不說，卻連最家常的寒暄談話都開不了口，兩人僵了一下午，隨便一個起身還是敞敞衣襟的小動作都顯得太尷尬，充滿過多的暗示。

「今天我收到一封台北來的電報。」律師想是也受不住了，他終於主動打開了一個新的話題，待他將這無話可說之話終於說罷，好慵懶地從紅木矮經几的抽屜裡拿出那緘電報：「我可能搭晚上的列車，要趕去台北一趟。」

他手裡拿著電報，但卻也沒有要給我看的意思，秀了一眼就要往經几裡收；我們兩人之間隔著一個溫茶水用的小火爐，我看得到那緘電報，只是字跡不甚清楚。是一緘這幾年才開始推廣流行的寫真電報，和那種只有打字碼的傳統電報不同，現在的寫真電報，已經可以畫上花樣或印上各種圖案了，有很多企業會社都會把商標打上電報，用來跟客戶問安。律師手裡拿的那緘電報打印著「曹洞宗大本山別院」幾個大字，那深藍色的字體像真的墨印戳在上頭，圖片角落我還覷見極草的書體寫著：「松本寺　清藏律師　拜啟」。

我想伸手一討電報細看，律師果然拒絕了：「還是不看的好，相信我。」說罷，那緘電報就沉睡在經本底下了。

「喔。」

這麼一個橫斷，害得我又不知道該說些什麼才好。平常他是不會拒絕我的，這種看看書信文件的小事情，有時候還甚至是我來松本寺最重要的工作呢，我得先過濾不重要的案件，像是誰家的貓貓狗狗不見了，或是誰和哪個人有了幾塊錢的小糾紛等等，把這些信件壓在最後，等到律師有了閒暇，再請他處理；而且事實證明，有時候等到律師回過頭要處理的時候，貓兒狗兒自己早就回了窩、欠錢的不知道哪裡來的良心也都還了錢。清藏律師優先處理的，多半都跟命案或巨額現金竊盜等緊急案件有關。

就連警察寄來松本寺的公文信函，我也是都能自由取來閱讀的，這當下被律師一拒絕，愚鈍如我也稍稍嗅聞到案情的不單純了。

「我知道你是真的很想看，但這次啊……。」

「沒關係，我知道。」

其實我什麼也不知道，只是放著任話題在飄逸著茶香的房內漂蕩。

方丈室內一片沉寂，室外的雨聲再度打斷了我們之間並不存在的交談。我舉起茶杯，才發現茶已經空了。但是我不知道要不要再跟律師討一碗，又怕他注意到我的茶空了，會執意出去外面取水來，再烹一壺。那又不知道要喝到幾點了，因為律師向來是不會趕我走的。

乾脆我就拿著空茶杯，裝著喝個兩口吧。心想。

裝模作樣地假喝，喝罷，卻又怕他發現我是假喝茶、真尷尬，只好硬著頭皮繼續問起電報裡的內容：「約你去台北啊，這麼遠，是律師的好友嗎？」

「是，將近十年的佛友。」清藏律師說道：「我同門，學完戒律改學禪法的道會禪師。」

「他邀你去台北，是法會嗎？還是講戒？」

「嗳，你就是很想知道嗎？」

「當然！」不然我才不用冒著吃鐵板的風險，又重開這個話題自討沒趣。

律師看了我一眼，他大概從我的眼神裡看出了執著，如果他今天不說，他知道我的個性，以後開口閉口都會常常問起這樁事情。哪怕是事件過後，我少不了又會拿這緘電報數落他的裝神弄鬼，常常弄得人心裡不舒暢。

「好吧，我跟你說，但你別再傳出去。就是，道會禪師昨天晚上走了。」

「走了？他年歲很大了？」

「和我一樣歲數，五十五、六吧。」

「破病死的？」

「不，電報上說，死得足不光采。」律師看似要就此打住了，他看了我一眼，我猜想是我的瞳仁中漾著求知的光芒，讓他不得已把話繼續說下去：「是自殺。唉，我先跟你聘好了，你千萬不可說出去。」

「我不會，但是，這哪會可能呢？」根據我隨著清藏律師辦案以來，出入寺廟不知凡幾，看到的僧人不管健康的或生了病的，大多都能壽終榻上，還沒聽說有自我了斷的。當然，被殺的倒是遇過幾起。不過那都是很罕見的。

「在日本剛剛剃度的那時節，他和我，就像真的兄弟那樣！唉！」清藏律師彷彿正忍著淚水，鼻子一抽一抽吸了兩聲，從袈裟的大袖裡抖出了半隻手，扭著鼻子擰了幾下，才緩緩地說道：「電報上只說，道會禪師是吊喉死的。我不想相信。自殺啊，那是殺生，出家人自殺，那就是殺毀三寶；戒律學了那麼久，好不容易又當上了曹洞宗的說法禪師，道會他不可能自殺的。這當中一定有什麼緣故，於情於理，我都必須北上一趟。」

「嗯，是不是自殺，還是要你說了才算。」我也說不上什麼安慰的話，我從沒見過清藏律師如此沮喪。我只覺得律師今天的話特別少，原來是發生這等大事。我毫無知覺，拿準他是被這濕襖的氣候悶壞了，本想著趁雨停的時候，去給他買碗米苔目，止嘴乾。我還天真地這麼以為過。

吃過了午飯後，我拉著雜貨車來松本寺找他，他一看見我，也沒多說什麼就收下我帶來的茶葉，逕自到茶水間取熱水，巡禮點了兩碗茶湯，舉止間卻不像往常那樣自在；話沒聊過兩三句，每每欲言又止。不知道他在等什麼時機，還是想說什麼，但我也沒打算問，兩個男人喝苦澀的悶茶喝了一下晡。

聽他說完，我也認真地思考起來；我還真的沒看過他這麼沉鬱，就是發生驚動府城的凶案，他都不會這樣憂頭結面的。

「我應該不方便跟吧？」我這樣問，當然是有點想查探案情的意思。我對於奇怪的事件，哪怕是尋常人說的鄉野怪譚都很有興味，到了有點違背人情的古怪地步。可是我不敢直接說要跟著清藏律師上台北，畢竟，寡念的出家人自殺尋死，雖然是很吸引人的事件，但同時也是損及寺譽與佛教名聲的醜聞；發生這樣的事情，寺院方面一定會先封鎖消息，身為佛教律師的清藏，應該也不會希望這件事情被張揚開來。

「嗯，他們不會希望俗家人知道這件事情，他們對外應該會講禪師是突然往生的吧。請你務必要保密，我也不太希望讓同門感到困擾。就這樣吧，我需要更多空間跟時間，好好調查一下這件事情。」

律師平常是不會趕我走的，但是知道了原委後，我也不那麼訝異於今天律師的舉止異常了。

「那你早點收拾行李去吧，我就不打擾了。」聞如是，我很識相地起身，就要離開松本寺：「我先看看雨停了沒！」

「早就停了。」說罷，律師起身走到門邊，一手拉開了方丈室的紙門。坐在室中還可以聽見雨聲尚未歇息，但打開紙門卻見雨勢已經停絕。

唯有地上的青草與矮花叢都還是溼的，石頭路卻已經開始出現乾痕了。

推斷起來，雨應該停一陣子了。第二碗茶喝罷的時候，就不斷聽到那些悉唎悉唎的聲響，原來都只是瓦頂滏積的殘雨，滴落在廊外的紫陽花葉上所發出來的。

清藏律師拿出電報的時機，是經過計算的。我沒有藉口繼續待在寺裡，他也才有機會冷靜地思考關於道會禪師的事情。

「那，我就先拉我的貨車回去了。」

「嗯，自己保重。我大概五天後就會回來。」律師說，五天後，即是道會禪師的第一個七。

# 三日目

我後來就沒去送清藏律師搭夜行列車了。

起了一個大早，拉貨車在街上閒逛喊玲瓏，偶爾高興的時候，走過洋樓亭仔腳就喊兩聲：「賣什細！」或者走過榮町、新町的時候，酒家小姐還是生理人都會主動跑來拉住我，跟我隨便買點日用品。

「秀仁兄，喂，稍等我啊，秀仁兄！」

我回頭看，原來是春紅樓的老娼頭阿琴姊。她穿著一身在這種季節看上去就很悶熱的紫色和服，匆匆跑出門來追我。但是，就算她跑了起來，還是夾著腿，兩手拽著留袖的袖袋，左右揮擺著極小的幅度，頭上的大盤髻紋風不動；年過半百的老娼頭還是保持著端莊大方的儀態，讓人一看就會聯想到春紅樓的藝旦，個個經過她的嚴格調教之後，那就算不是色藝雙全的女子，至少也懂得在人前擺出賢淑的樣子吧。

「阿琴姊仔，今天買點什麼？」

「不，喔，等我一下，讓我喘口氣。萬花那個死丫頭，叫她講話小聲點也不會，我就講有聽到你的叫賣聲，萬花還說是我臭耳聾！喔！好喘！」

「沒要緊，姊仔你慢來。」待我撐穩了玲瓏貨車的木頭腳架，便停在春紅樓門前作起生意來，打開了貨架和格子門，裡頭的日用品從洗刷衣物身體到洗刷地板牆壁的一應俱全，連帶著叫賣起聲：「看要什麼，來，慢慢挑。」

阿琴光著一隻白蒼蒼的手扶住貨車，喘了老半天，終於緩過氣來，一開口劈頭就問：「不是，我想問的是，你現在有閒嗎？」

「現在？光頭白日，你就這樣拉人客，不好吧？而且誰不拉，拉我這個羅漢腳。」我聽了有點訝異，況且我已經許久不曾上過酒家尋歡了。被阿琴仔這麼一提起，往事果真不堪回想，年少浪蕩的那幾個對象，彷彿在眼前。

「唉唷，你想去哪裡了？是這樣啦，我有事情；不對，我有生意讓你作。」

「做生意？我現在不就是在做生意了嗎？」我趕緊跳出幻想，回到現實。兩位太太來跟我買水粉，我找了零錢給她們，一邊聽阿琴繼續講她的事情。

「不是這種幾錢的，是五十圓的大生意。」

「有這麼好的事情，好啊，你講講看。」聽到有生意可以做，現下也沒事，聽阿琴說說也無妨。平常做她們春紅樓的生意，交情已經算是不錯了，幫點小忙，只要不超出我的能力所及，也算是可以打發打發無聊的時間。

「我就知道你一定有辦法的，來，先把你的車子停了。」阿琴一個轉身，朝著春紅樓的裡門大喊：「萬花，萬花，快出來啊萬花！」

「來了來了！」只見萬花一身輕薄如紗的浴衣，像是水裡飄著的浮萍那樣輕靈，腳底拖著木屐，露出了修長白皙的趾頭。一朵花的精靈，盈著初夏的露光，緩緩從春紅樓走了出來，發出了雨聲般的輕喚：「什麼事呢卡桑？」

「這秀仁兄賺吃的車子，你要顧好，我請秀仁兄吃個飯就回來。」

萬花回起話來嬌滴滴的，方才阿琴不是說萬花講話很吵，連我的叫賣聲也被她蓋了過去嗎？還是我聽錯了呢？

「是。」萬花應了聲，對我拋一個媚眼，也不顧我的形色失措，兩隻纖纖玉掌順勢貼上了我的手背，我嚇得一縮，推車就盡落入萬花丫頭的手底了：「先生，車子就先交代給我吧。」

「喔，喔，好。」沒頭沒腦地應聲，我既挨不住萬花的纏功軟語，手腳又像被阿琴用招魂鈴搖過了一樣不聽使喚；聽萬花嬌哼了幾響，阿琴安貼一聲聲，對我說道：「你這車先寄在我這裡，放心吧，先帶你去烏橋仔邊呷好料！」

「喔，喔，好。」我聽到烏橋，只想到晚上的「納涼會」才有賣小吃，那些小吃是我夏夜的精神補給品。夏天的晚上，河畔兩岸舉辦定期的「納涼會」，各色小吃攤頭，連著像一尾長龍，點上與星光爭輝的燈彩。早在一個月前，商店街的商家們就將宣傳畫報貼滿大街小巷，還載明了這是夏日限定的風物詩，過了夏天，「納涼會」就不復存在了，一時間習慣夜間玩樂生活的人，包括我在內，打入秋的那一刻起都會適應不良。

但現在是白天，這時候的烏橋啊，有什麼好料的，唷，該不會……雖然不敢奢望，但看老娼頭阿琴的態勢，應該是請我去吃料理店吧。烏橋兩岸開了不少間山產水鮮的料理店，都是高級料亭。

看樣子，這個五十圓也不會太好賺。

那些料亭都是內地人愛去的地方。真正的內地人還會找小姐一起吃。

阿琴會把萬花，還是其他的小姐也找去嗎？我多久沒有吃過這種飯了。

當我回過神的時候，我已經沿著運河走了好一段路。我似乎一路都跟在阿琴的後頭，整個人被迷亂得一愣一愣。我想是因為天氣的關係吧！

不時有河風吹來，但因為運河聯通到幾十町外的海港，白天的河風多半帶點腥鹹濕黏的氣息，還不到可以讓人駐足納涼的程度，我被曬得有點發昏；唯有褪去日照的夜裡，才能感受到河風真正的清涼與浸透肺腑的快意。

「阿琴姊好！」

「好，好。」

沿路都有人跟阿琴打招呼。不愧是這附近有名的老娼頭，她包得一身藤紫色的和服，山吹黃的博多織腰帶，纏了不知道幾圈半，連聲熱都沒喊；現在正好整以暇地走在我前頭，逢人就堆笑臉，優雅得很。

她領著我，走到一家料理店門口，我抬頭看見木頭招牌用碩大的勘亭流字體寫著「水產料理店　明秀」。開在運河邊，想是取「山明水秀」之意吧，只是兩扇木頭店門看似深鎖著，也沒有窗子，我本來以為會有店員出門迎接，但阿琴的手更快，她連木門都不叩，就逕自打了開來。

「這是我朋友開的料理店，平常時就是這樣的，先生請。」她讓我直接往裡頭闖。走過運河畔的路上，忙不迭地有許多認識的人向她打招呼致意示好，那熟門熟路的樣子，果真讓人見識到這個老娼頭在整個府城的手腕與能耐。

店內用的全是大理石桌和花梨木椅，不只桌腳椅腳，連天花板都雕上了洋花洋草，簡直是高級人吃酒的俱樂部，不像是門外招牌寫的那種水產料理店；在這烈日當頭的時候，還專程用木門把陽光全擋在外，單靠著那幾盞燒得昏昏黃黃的洋吊燈，把店內的氛圍打成一片洋味洋氣的。一跨進店裡，看是這樣的陣仗，我趕緊抓起了掛在脖子上的白面巾，把頭臉兩臂都抹過一遍，捲起來的棉褲管也放了下來。

直到入了席，從服務的女侍手裡接過了菜單一看，我這才稍稍寬心，果真是專賣水雞、鱔魚、鱉、土虱、河蝦的水產料理店。只是不曉得用這些虛華的裝潢花草，是為了什麼緣故？

「來，看要吃點什麼，盡量點。」

我捨不得吃這些補身健體的東西，平常都跟著律師吃一鍋善信貢獻的齋菜，到了晚上，便宜的麵攤或飯包就算一餐，哪裡有辦法放心隨便點菜吃。

「吃這麼好，阿琴姊，不好啦。」

「你就隨便點，想點什麼就點。」

「真的可以嗎？」雖然說不貪財，但我承認貪點吃是人類賴以活命並存續至今的美德，而我也的確充分具備了這種美德，只是平常不敢發揮過度，多有克制罷了。

「放心吧，都算我的。」

既然有人要請客，我就大方方地點了一盤爆炒鱔魚，一碗土虱酒，一碟蕹菜。其實也算很客氣了。

「這樣就夠了嗎？要不要再叫一碗雞酒？」

「不了不了，很夠吃了。」其實我算是愛吃的人，以前去酒家的時候也是吃的比玩的還多；後來認識了清藏律師，雖沒有皈依受戒，但是跟著他吃飯，口味也就愈吃愈清淡，不談油腥了。

不過，真正的原因還要算是這幾年的經濟問題。賣什細的利潤愈來愈差，拉雜貨的生意被株式會社分走了之後，我就更不敢像從前那樣揮霍了。一樣十錢批進來的面巾跟茶杯，株式會社賣一個二十錢甚至更低，但因為他們擺在自家的店頭，賣多少就賺多少，根本無傷大雅。說是株式會社，其實就是幾間百貨店、小販店掛上了株式會社的看板，店長往往也是社長自己的女兒或兒子，挽袖子下來做看板娘或捆工，不知道省去多少人事跟不必要的開銷。

十錢的東西，我得賣三十錢，有時候費走路工，喝一碗涼茶，吃碗乾麵，就去一半，賣完一個成本十錢的杯子，口袋也只剩到十錢，等於沒賺。飯得天天吃，三十錢的東西還不是天天有得賣，誰家每天買杯子面巾呢？賣最多的還是繡線、齒粉、火柴這些不滿十錢的便宜東西。

所以我看到那些吃得太奢侈的人，心裡頭都覺得十分浪費。即使每日推拉貨車經過烏橋，看到「明秀」、「新日軒」、「杏花閣」這些料理店與酒家的招牌店招，依舊不知道裡頭賣的是什麼菜款，也不敢去想裡頭的食客們，光是一餐就要吃掉多少張「青仔欉」。

反觀阿琴，她是做酒食生意的，客人吃喝愈多，她利潤愈高。平常在春紅樓吃慣了大桌酒菜，不由得出門來也葷素不分，無所顧忌了。她心裡的那張算盤，總和我的不同；她的算盤鑲金包銀，我的還得用鈕扣頂針當算珠。

「這樣真的夠嗎？姊仔我知道，你都很省著吃。我們春紅樓也很常點這裡的酒菜回去請人客，好吃又不貴。你真的不要客氣。」

我點點頭，不敢多叫。阿琴便往廚房裡頭喊了幾聲，像個店老闆在吩咐總舖師似地幫我叫菜。我的菜很快就上桌了，總舖師還附了碗免錢的白飯給我配。炒鱔魚的火侯很足，跟那個透府城通人知的廖師不分高低。入口的滑脆和酸甜的濃稠醬汁，就算現在是大熱天也很吃得下去。土用丑日也不必要吃那寶貴的鰻魚，吃吃鱔魚應該有一樣補元氣的功效。我想，阿琴帶我來，不僅是這裡的菜色美味、食材新鮮，或者是想要帶我來交關她的朋友，最主要的應該還是店裡頭的氣氛高尚典雅，非常隱蔽的關係吧。

阿琴看我開動了，她等了好一下子，彷彿把她要說的話，在心底又履過了一遍，才扯開淡淡的嗓聲問我。

「那我們就來說正事吧，我先問你，你熟識周大川嗎？」

「誰啊，不熟識。」我吸了一口土虱酒，多啱兩口這個季節特別豐腴的土虱，而與此同時，「周大川」三個字在腦中很確實地轉了轉幾圈，迴路像在泥地裡滑溜的土虱一樣翻滾著更深層的記憶。從沒聽過這個名字，毫無印象，也沒有一張臉是可以貼上這個名稱的。

「這就奇了。他說他叫周大川，日本名號作大川廣志，說是你的表兄。」

「表兄！我還客兄呢，我不熟識，這人怎麼黑白認親戚？」我聽得有點生氣，怎麼說也在府城拉車拉了十多年，賣雜細賣得通人知，最看重的就是名聲了；有人亂用我的名聲，就怕不僅是損及人格，也可能毀了我的商譽。

「嗯，秀仁兄你先別生氣，他喔，差不多是兩個月前，跟我贖走了一個叫做千紅的小姐，雖然不是什麼頂紅牌的藝旦，但從她七歲到現在，跟了我十五年，有固定客源了，結清了一下我栽培她的開銷，我就喊一千圓，一年算他一百圓很便宜了；周大川他先付了八百圓，接走了千紅，還說剩下的兩百圓兩天後就會送來。」

話說到這邊，阿琴停了半口氣。她才要繼續說起，我就先插了嘴。

「你放了人，但是卻沒消沒息，現在讓我去討債？」我是聽懂了阿琴的意思，但嘴裡的那塊土虱肉已經吐不出來，滑溜溜地往肚裡去了。討債生意不是人人可以做的，海線山線的鱸鰻、兄弟仔可以，像我這種小商人就會很吃力。

「對啦！秀仁兄你真的是聰明人。事成之後，給你五十圓。怎樣？」

「是很誘人，但是他現在在哪裡，我怎麼會知道呢？」即便聽到阿琴的讚美，我也高興不起來。我這是貪吃的下場吧，就像那土虱被鮮美的魚餌騙到，一鉤上岸已無法回頭。

「所以才要借重你啊，你不是和那個什麼寺的律師很熟嗎？你們一定可以找出他們的。」

聽到這裡我就知道無從推諉了。阿琴她早就見識過，運河雙屍案那次，整個新町的人都在關注鳳凰閣的客籍藝旦跟客籍商人的殉情記，同一町做皮肉生意的大姊大阿琴當然也躲不過盤問，算是觸了楣頭。最後解開謎團的清藏律師在新町聲名大譟，阿琴這些賺吃的女人看出清藏律師是連警察都要畏懼的角色，要不是顧忌著清藏是和尚，不然還真想請他一桌酒菜，以後專門僱他來對付警察算了。

「很不剛好，律師他昨暗離開府城了。」

「呀，他去哪裡？」

「他唷，一點私事啦。」我差點忘記，昨天聽到的消息還不能逢人就講呢。那對清藏的信仰以及他的佈教工作來說，是很致命的傷痕。

「那這下是要如何是好？難道我就要認賠啊！兩百圓耶，不是小數目。」

「我知道，不然，你告訴我更詳細一點，說不定我有辦法。」

「好，是這樣啦，我只知道這個周大川呢，他在唐山作生意，而且好像是安溪那邊的人。什麼生意不清楚，不過他斯斯文文的，想來應該不是粗工的料。應該是有祖產的那種少爺吧。」

「嗯，他出手如何？」

「那他唷，差不多是半年前開始點千紅的煙盤，最後是包千紅的場。」阿琴回味起那段揩人油水的日子好不懷念，但想到無端被捲走兩百圓就憤恨不已：「我當他是阿舍，什麼了不起的；結果居然拐走我的人又不付贖金！」

「他們，算是日久生情嗎？」

「不，不是的。」阿琴臉色帶點遲疑，她在陳述的同時，似乎也在回想著細節：「他們兩個，跟一般贖身的那種關係又不太一樣。」

「那怎麼說？」

「是千紅有身大腹肚了，還不知道老爸是誰，但是千紅就逼這個周大川認起來，作便的老爸。不然我怎麼會放人呢？我看他趕著要贖走千紅，還說要帶千紅去安胎生子，想說這種大腹肚的麻煩事，就卡早切切算了。」

「但沒想到他們就這樣消失了。」

「嗯。」

「你說，千紅逼他。可是他幹嘛認呢？誰知道那個孩子究竟是誰的呢？」

「就是這點奇怪，千紅總是拿他很有法度。我遇到的人客，很少會那麼死忠。這個周大川，聽說連附近的其他酒家都不曾去過，怎麼樣就是不點其他小姐的煙盤。」阿琴愈講，腦中關於千紅和周大川的印象就愈鮮明了：「這個周大川，每次來，都是被千紅拖在樓上，沒有一暝一日是不會干休的。周大川好像很無膽呢！雖然千紅不是我的頂紅牌，她的手藝沒有人家精，學養也不高，但是她很得人疼，動不著就流目屎。我說周大川膽小，大概是怕千紅真的做出懵代誌吧。煞不知去被千紅吃得夠夠。」

「那妳都不知道，他們可能會去哪裡嗎？」我擔心的是這位周大川如果把千紅帶回去安溪，那該如何找起！

「不知道。周大川只有特別交代我，說秀仁兄你是他的表兄，如果有什麼問題，到時候可以請秀仁兄你出面。我其實是聽到這句話，才覺得放他們倆離開應該不會有損失才對。啊對了，那我那個千紅啊，她本姓郭，單名一個字叫做郭綿，有身到今天應該有三個多月，也不難找才對。」

「不難找，但是妳卻找不到？」

「噯唷，我就不知道，我四處問，都問不到詳細啊。唉，要不是周大川拿你的大名騙我，我走闖江湖這麼多年，怎麼可能被這兩個夭壽骨的騙騙去？」

「那這麼說，是我害妳賠錢了？」

阿琴姊搖了搖頭，臉上很無奈的樣子。

「不是那樣講，但是從結果看起來的確是如此。」

「好，算我頭殼頂吧，害你這樣操煩，我幫你找到他們就是了。」

「拜託秀仁兄了，這裡是二十圓，事成之後，剩下的三十圓絕對雙手奉上！」阿琴看我沒吃完，但她似乎又有急事要趕著回春紅樓：「你慢用，我跟老闆講過了，都記我春紅樓的帳上。」

「你去忙吧！」話才說完，我想到車子還在春紅樓：「啊，那玲瓏車……」

「我先替你保管吧，你放心去找周大川。」

她撇下這句話，就急急地跨出料理店跑走了，我驚覺不妙，正擱下碗筷要追出去，她不知道哪裡練的腳力，一溜煙已經跑到烏橋上，遠遠地看著追出來的我；她在橋上揮手，那暮春花靨般的倩笑，早已不像是為了兩百圓在煩惱的人的樣子。因為她把煩惱都推來我這裡了。

車子被人綁架，質押在春紅樓，這下不找出周大川不行。我無奈地走回明秀料理店，一屁股頓坐在木頭椅子上，一邊喝著所剩不多的土虱酒，開始思考。學清藏律師的方式思考。因為我也根本不可能在這種時候，拿這種問題，專程拍電報去煩清藏律師。

這個周大川，他一定知道我跟阿琴很熟，搬出我的名號，阿琴就會卸下心防。所以這個人的行動範圍應該也不出府城，可能很了解我的事情，或許跟我買過東西。我要找到他的話，就絕對不能提到阿琴委託我的事情。

府城說大，其實不大，以阿琴的人脈，應該半個月就會有消息了，我想阿琴一定也認為，我不認識這個什麼周大川，所以才遲遲不來找我；而阿琴還是放心不下那兩百圓，憋在心底沒有人可以訴苦，死撐了兩個月，這才決定來問我，但又不敢對我明講，就特意要請我吃這頓飯，好像表示她很相信我的樣子。可是她怕我不答應，才想到拐個彎扣住我的車子，至少可以確保我會幫她一陣子。直到我厭煩為止。

我倒也不在乎車子有沒有被扣留在春紅樓，而是我的名字被拿去當招搖撞騙的旗幟，那可是很嚴重的事情，光靠著這一點，我就必須要揪出這個連面都沒見過的周大川！

回過頭來細細想，如果不是阿琴找人的方法錯了，那麼，就是周大川早已經離開府城了。身上隨便就可以掏出八百圓的人，沒有什麼地方困得住他的。

唯一有難點的地方是，前金八百圓已經付清了，為什麼要欠這兩百圓，落人家的把柄呢？至於那個千紅，老實說調查她應該不會有什麼結果。賣身的女子，是從四面八方甚至唐山跟內地過來的，郭綿，說不定也不是真的名字。

於是我走出明秀之後，第一件事情就是問「周大川」的行蹤。

安溪人，有日本名字，經商。這是周大川所有的資料，問起來倒也不難。

我當然不是說：「喂，你認識一個叫周大川的人嗎？他還欠我兩百圓。」

我反過來說：「請問你們誰認識周大川，我還欠他兩百圓，他是我的恩人。」

我想，阿琴這兩個月來的挫敗，就是因為她用了第一種問句在尋人吧。因為，下午三點左右，我在運河邊問到一位同姓周的周亞思，就住在壽町，也是安溪人，也在經商。我想，或許有什麼關聯吧，要到了地址，很快就出發去尋人了。

沿著河岸，我看見昨日那場雨的痕跡，在河堤的泥土地裡，留下了鬆軟的質地像一張絨毯；孩子們在泥地草地上追跑玩耍，小黃狗吠了幾聲，這樣的日和之夏，能有什麼事情攔阻人去感受陽光的美好呢？我不禁想到了清藏律師現在，是不是正在替他的同門師兄弟驗屍？在沉暗的寺院裡誦著往生的經咒。

為什麼今天很容易分心？車子不在身邊，還是怎麼了呢？我問自己，但沒有答案。我只能低著頭繼續往前走。

終於找到了壽町一丁目的五番，對了一下別人寫給我的周家門牌號碼；看是一棟洋樓，紅磚瓦還新得很，應該剛落成一年左右。我也顧不得什麼禮貌了，一個箭步就上去叩門。開門來的是一位青年，大概還不到三十歲。

「你哪裡找？」他有點謹慎，門只開了一半。

「我，我想請問，你是周亞思嗎？」

「是，請問你是？」

「您認不認識一位叫做周大川的人？他是我的恩公，我特意來找他的。」

「你說你是？」周亞思聽到我的來意，才把門又開了另一半。他的臉骨清瘦，全身上下卻似乎充滿力量，尤其他開門的動作，可以發現他的手臂其實很有肌肉。從他謹慎的動作，以及那副經過鍛鍊的身體來看，應該不是個懶散的閒人。我趁他開門的時候，往裡頭望了望，乾乾淨淨地一戶民家，看不出是靠什麼生意起家的。

我只好繼續扯我的謊了：「就是幾年前，在安溪曾經受周大川恩公的恩惠，借了我兩百圓，終於能過溝來台灣。我今天是要還他這兩百圓的。」周大川本人如果見到我，因為他藉著我的名聲編了謊話的緣故，他一定會躲得遠遠的；但如果我開口提起要還他錢的事情，就算他想不起來有沒有借過我錢，肯定也會停下腳步多聽我講幾分鐘的。至少我是這麼盤算的。

「他現在不住這裡了。」

「現在不住這裡了？所以以前住這裡？」

「是，周大川是我哥哥，他之前和我都住在這裡。」

「你來晚了，他兩個月前帶著他的妻子搬到大稻埕去住了。」

「那他現在人呢？」

「大稻埕！是台北的那個？」

「不然還有哪個呢？你要上台北去找他了。不過我還不知道詳細的地址就是了。他本來說，到那邊安頓好之後，過幾天就會寄信回來，但是到現在都沒有消息。」

「沒關係。不好意思打擾了，唉，看樣子我得去台北一趟了。」周亞思有問必答的善舉，讓我方便不少：「謝謝周公子。」

「啊，還是你替我送一封信給他，等你到了，信拿給他，你也方便說話？」

「再好不過了，拜託。」

「只是封家書，稍等我一下。」

周亞思轉身回到屋內，但是他並沒有請我也進去的意思，只是叫我稍等，我就老實安分地站在門埕外等他。大概幾分鐘而已，他拿著一封封口黏得密密實實的黃信封。

「來，你見到我大哥，這個交給他，你有什麼事情再跟他說吧。」

「感謝周公子。太感謝了，我這就出發。」

我想，周亞思絕對想不到，報恩人其實是討債人吧？

誰都想不到的！阿琴一定四處在討周大川欠的債，聽到要討債，不管認不認識周大川，人們怕牽扯麻煩，就算知道了也不會說出周家在哪裡；但若說是要報恩的，一般人急公好義的家婆性就會跑出來，周家的祖宗十八代都會介紹得清清楚楚，所以我才會短短一個下午就問到其實離春紅樓一點也不遠，大概只有七町之距的周家。

周亞思急就了這封給周大川的家書，意味著我一直以來處理案件或思考的方式是對的。有些人有些事，得靠說謊才能得到啊。

有了這封家書，如虎添翼的我，看是可以順利討回那兩百圓了吧！

唯一可惜的是，我不能在大稻埕的街上告訴所有人我身上有兩百圓。這招只在我的勢力範圍有效，出了府城門，人生地不熟，誰知道兩百圓會引來什麼事情呢？當然，聰明如我，第一個想到的就是直接去叨擾也在台北的清藏律師。雖然百般不願干擾他的心情，但事到如今，就當作是去看看他狀況如何，然後「順便」問問看他有沒有什麼方法，可以早點找到周大川，完成我的任務，好拿回我的玲瓏車。

# 四日目

列車以一種閒散無定的情緒在鐵軌上晃盪著。

我扛著兩個醫生用的黑色皮革公事包，裡面裝了最低限度的衣物，騰出許多空間，就是希望這趟台北行，能多少拉點有用的貨下來賣。除了阿琴給的五十圓，還能貼補一點這個月即將到期的貨款，這一趟才不算白走。

晚上九點的列車，我一上車就把公事包放在腳下，試圖讓列車的搖擺引我入眠。而這的確很有效，不知道睡了多久，當眼皮開始感受到光的時候，睜開眼，天已經從深邃的黑，轉為一抹清淺的黛綠色了。剛睡醒的我，望著窗外無盡的山色，以及蒼藍天際的晨曦雲影，心想著台北曾經的樣貌，不知是否依舊。

算算，也有五年沒上台北城了。府城都已多所改貌，想必台北城，這總督所在之地，理當更加修整得像一流的都市，如東京那樣。雖然沒去過東京，但是偶聽轉述、或者看到別人拍回來的寫真，都認為要成為一流的都市，必須像東京那樣。並不是說府城的壞話啊，只是在這個已經可以靠著坐船就遠渡米國、歐羅巴諸國的年代，府城就像一名老婦，與青春貌美的東京、初生嬌粉的台北相比，府城的步伐總是稍嫌沉重、稍慢了些。

一出了台北車站，隔著馬路就能看到一棟厚實而具有洋氣美學的樓房，紅磚屋藏在稀疏的欖仁樹影裡，透露著與四鄰建物不同的氣質，人們走過樓房的正門前，都不忘多看它幾眼。

「東京的街頭大概就像這樣吧！」大概有不少人是這樣想的。

那是全台灣唯一的西洋飯店，由總督府直營的鐵道旅館，聽說創業至今已經招待不少名人住過了。民間尋常的宿屋小飯店，只收一圓左右的宿代，鐵道旅館最便宜的房間也要三圓；用來接待名人的，可是一晚二十七圓，全台灣最昂貴的高級房。

「可能整個東京都是這種價位的旅館唷！」或者有的人是這麼想的。

而我想的是，不知道要賣幾個杯子才夠呢！誰住得起？只看到過路的人來來去去，倒沒見到真的跨著步伐，大器地推開玻璃門走進去的。開來擺闊的，就像水產料理店還要用上大理石雕花桌椅一樣，那又不會比較舒適，租了房間下來，不就是睡一覺嗎？我只要問出哪裡是「曹洞宗總本山別院」，就有禪房可以供我掛單，在寺院裡大大方方地睡個清靜安閒，還不用錢！

二話不說，我提著兩個大公事包，開始找路人問路。一位穿著高校制服的男學生，看起來沒有什麼事情，背包若有似無地架在肩上，男學生在街上慢踱，沒有同伴應該是要回家了。踱過我面前，我趕緊喊住了他，向他問路。

「同學，不好意思，我想請問，曹洞別院在哪個方向呢？」我聽說曹洞別院離車站很近，而是頗具規模，想說直接問這裡的人應該都知道。

「喔，往這條路去，東門町六八番地就是了。那裡很大很新，很好找。」

看樣子這起宗門內的自殺事件，也因為曹洞宗的規模宏大而需要特別審慎處理。難怪清藏律師會感到苦惱，他當然還記得自己的佛友有幾分能耐，或是加入多麼龐鉅的僧團，擁有如斯崇高的職位；只是他算不到佛友會自殺。

「謝謝，謝謝。」我邊說，邊提著兩袋公事包點頭彎腰致意。

就在我向那位男學生道謝的同時，他也趕緊對我回以鞠躬之禮。

「請慢走。」學校或家裡應該都是這麼教導他與人應對的。無論是助人還是受助，常保感激。

問到曹洞宗的別院地址，我踩著輕快的腳步前進，因為我正在想像清藏律師看到我之後，他會先感到驚訝，甚至有點生氣，但是接下來他會把我拉到一旁說話。我雖然知道要迴避這起關於曹洞宗的佛門疑案，但如今我也碰上了疑案，千里迢迢來尋求好朋友清藏的解答與引導，應該也不過分才是。

不曉得那位道會禪師究竟遇上什麼難解的麻煩，非要走上絕路不可。

扛著兩個大公事包在大太陽底下走，走了大概也有十町左右的距離，我用面巾抹去了一頭的汗，終於走到東門町。再隨口問了一位迎面走過來的男子，他一邊說，一邊指著他的身後。那裡是一大片的樹林蓊鬱。

「請問一下，曹洞別院在哪裡呢？」

「喔，後面那片樹林，都是。山門很大，很好找的。」

我順著他手指的方向望去，林蔭間隱約現出了一座山門的屋角，原來藏在這片樹林裡的曹洞別院，竟比那鐵道旅館的佔地還闊。被那氣派恢弘的山門震懾住，一片片青瓦嚴密疊加在山門之上，整片山門的姿態，穩若巨磐。我不免也想起了清藏律師的道義與責任，該當如是沉重。

我跑步上前，來到了曹洞別院的山門前。

透過山門，看見了無邊無際的開闊寺地，遍植熱帶花草如蘇鐵和大王仙丹；庭院空地鋪了造景用的白石，刷出青海波紋；僧人走在緣廊的腳步聲，發出了宛若天人仙羽摩娑的聲音。這哪裡是小小松本寺可以比擬得了的？雖然在問路的過程中就一再被提醒「很大很好找」，卻沒想到真的是這麼大。

出家十年的僧人在這樣的聖境上吊自殺，果真是佛門一大不幸。

「請問，清藏律師在嗎？」我走近山門，正巧一位知客僧在一本深藍色的厚簿子上抄寫東西，我趕緊放下公事包，向他合了掌，問起清藏律師的行跡。

他回了一個合掌，放掌後才反問我：「施主找他有事嗎？」

「是，有一點私事。」

「律師有特別交代，他目前暫不見客。」

「喔，那麻煩你跟他說一聲，不是見客，有人專程從府城上來，要賣他常用的那種齒粉跟石鹼給他。」我笑笑地又從地上提起那兩個黑色的醫生公事包說道：「麻煩師父了。」

「好吧，我說說看。這是訪客簿，請施主在這裡簽名，留下施主的資料。」那位知客僧沒有刁難我，我接過了深藍色的簿子，看了一下，直到昨天為止都還有訪客不斷，是個香火鼎盛的大寺院。

「寫在哪裡呢？」我故意把訪客簿往前翻了翻，瞄了幾眼，知客僧指了一處空格讓我填寫，配合他填妥資料後，把簿子還了給他。

「請施主稍後。」

他拿著訪客簿轉身進了寺裡，走上緣廊，腳步穩健地走到緣廊的盡處，轉了一個彎，消失在彎後。

約莫過了一分鐘，甚至不到半分鐘吧，從那個彎裡先拐出來的，是清藏律師。他臉色看起來不是很好，眉頭都揪在一起了，應該是被我突如其來的打擾嚇到了。他急匆匆走近我，便將我拉到山門外，站在馬路邊竊竊地說了聲：「走，前面有間喫茶店，我們到那裡去說。」

他的語氣也如我預期中的一樣，很差。

我們進了喫茶店，他點了綠茶，我點了咖啡。我是羅漢腳，一輩子沒有真心地和女人交往約會過，結果卻先跟和尚在情侶雅座上對著面，一點都不浪漫地喝咖啡，聊些不浪漫的命案。

「你怎麼也上來了？我不是說，這個事件，不適合偵查的嗎？」清藏律師語氣中帶點苛責：

「這畢竟是內地的宗派，有他們自己的作法規矩。」

「你別緊張，我不是針對你們的事情來的。我只是，遇到了別項事情，必須上來台北解決，想說順道來問問看你的意見的。」

「什麼意見？」

「尋人的意見。」

「這都什麼時候了？我到現在還想不通道會……」說到這裡，清藏律師忽然倒抽了一口氣，改口說：「我到現在還想不通他是什麼原因，非要做這種懵代誌不可。我哪有閒去幫你尋什麼人啊！」清藏律師的驚惶與不安，是我不曾見過的。他甚至不會像現在這樣，左右顧盼，在意旁人是否正在偷聽他說話。

「真的一點點時間都抽不出來嗎？」我問。

「這次真的很硬斗，單單警察和記者就已經快把我激死了。」

「那，這樣吧，我想說，你多少還是先聽我說看看。我這一路上有頭無尾地暗算過，也是想沒有其中的玄機。」

「好吧好吧，不然還能怎樣。不過，就這一次。」

「好，好。那我就從頭說起。」

見我苦苦哀求，清藏律師拗不過，只好聽我把千紅與周大川的前塵往事從頭交代清楚，以及周亞思給我的信。清藏律師雖然願意靜下心來聽我講，但還是不時望著窗外，或閉上眼，或端著杯子有意無意地喝著茶。總之就是擺出很不耐煩的樣子，幾度把茶杯拿起來，不喝就放下了，放在桌上的時候「叩」地一聲，有點失神，有點用力。

「照你這樣講，」清藏律師聽完後，他也發現了同樣的問題點：「八百圓都拿得出來了，還起了新厝，又搬到台北來，那最後這兩百圓為什麼要誆騙阿琴？周大川不可能是個窮人，兩百圓可能很多，但照你說的，周家那種格局，要拿錢出來應該也是很容易才對。難道，錢都花完了？」

「錢有沒有花完我不知道，但是嫌貴的話，他當初又為什麼不講價；他可是爽快答應著阿琴。事後又避著親小弟周亞思離家。實在真奇怪。」我順著清藏的思考方向說道：「我的任務就是要在台北找出他，並且讓他交齊兩百圓的贖身金。我認為，要先知道他逃避的原因，才有可能找到他。」

「我決定了。」清藏律師看似做出了沉痛的決定，表情十分無奈：「這次我不能管你了，剛才聽你講話，我整顆頭殼都還是在想項頸啊。項頸的勒痕。那種纏著項頸下面的勒痕，除了自殺，就沒有別項原因了。警察勘驗過了，應該是爬到鐘樓頂高，位欄杆的一頭綁上麻繩，麻繩另一端則是纏著他的項頸，然後往下一跳。唉！但是一點動機都找不到。」

清藏律師刻意迴避了道會禪師的名諱，就怕被人聽出來什麼端倪。但是他忘了，他穿著袈裟，任何附近的住家商店都會注意到曹洞別院這幾日被記者和警察包圍的實況，現在他所說的每一句話，不會讓人想到遠在府城的松本寺，而是對面偌大的曹洞別院。

「你不認為是自殺？」

「不是，就算我認為是，但也要有個合理的理由吧？聽說他晚上九點多的時候，洶洶講要去找粿仔麵，結果其實是跑去自殺。」清藏律師把本來不想跟我說的細節，也稍微提了一下。律師說，道會禪師獨自出去，說要去找「粿仔麵」，擔任知客的廣印攔阻不了，但是心裡頭又很罣礙，所以幾乎沒睡，整夜都在房裡聽著外面的動靜；後來應該是忍不住了，就乾脆在寺地裡走走，卻看見道會禪師的屍體，掛在鐘樓上，隨著夜風輕輕擺盪著詭異的幅度。

「喔，這麼奇怪？」我聽到關於「粿仔麵」的事情，雖然多少也產生了興趣，但是在五十圓的後謝面前，就顯得不那麼重要了。

「是的，抱歉了，秀仁兄。這次我連自己都不赴來破案了。這樣吧，如果周大川是福建安溪的商人，那他一定會還在離港口最遠，但是又不會離開大稻埕範圍的厝；而且，他上來住應該是很突然的決定，所以有可能暫時住在別人的老厝，你到太平町通去問問看，看有哪個大戶是在這兩個月左右搬來並且常常注意船期的。這樣應該會有點斬獲。」清藏律師起先說得很有把握，但是過沒幾秒他又補上幾句：「只要確定他是有本事起厝買細姨的安溪人，這個方向就絕對，不對，應該只能說是很難出錯的。啊，看看我，我連以前那種十足的信心都有淡薄仔漏氣了。你去試試看吧。」

「好。那我就當是去碰碰看運氣好了。」正當我轉身要去櫃檯結帳時，清藏律師卻先一步拉住了我。

「這樣吧，我安排你今晚先在禪寺住一宿，明天你再去找周大川。」

說是要趕我走，但清藏也知道我人生地不熟，心軟的他還是留我下來了。跟著律師回到曹洞別院，還沒進到山門，知客僧廣印就先向我們合了掌。

「大石住持還在裡頭吧？警察有來找他嗎？」

「還沒，警察說傍晚才。」廣印說罷，看了我一眼就趕緊收聲了。

「沒關係，他是自己人。」

「喔，不好意思。警察說傍晚的時候，組內的會議才會結束，他們應該會派人來做最後一次的調查。」

「所以，是自殺他殺，今天就可以確定了嗎？」

「是。」

「那，請廣印你先幫我去準備一間禪房。我會去跟大石住持打個照面，讓這位秀仁先生在這裡暫住一天。明天他就會離開了，放心吧。」

「好的。」

這裡不像松本寺，轉個身就是寶殿，轉個身就是方丈室，我跟著清藏律師走了不知道幾個迴廊，才看到紙門緊閉，有著明顯人聲喧動的方丈室，就在一條將近三十間的悠長緣廊盡頭。方丈室外還站了一排排僧侶，慎重其事的樣子，遠在三十間外就能感受到氣氛的緊繃。

「我進去就好，你在這裡等。」

「好。」清藏律師離去的背影被木格子窗篩進來的夕陽餘暉梳理了一遍又一遍，直到停在緣廊的盡頭，他站在方丈室外整理袈裟的慎重樣子，這時才讓我從他的腳步聲與異於平常的言行中，完完全全地感受到他所承擔的壓力。

守在門外的僧侶替他開了門，他是低著頭走進去的。過了幾分鐘，才從方丈室裡退了出來，走向我這裡。

「走吧，你去山門那裡找廣印幫忙，我還有點事情。」

「好！謝謝你，清藏。」

「免謝，我也只能做到這樣爾爾。」

我提著行李回到山門，隨著廣印的指引，住進山門左側的俗家禪房。禪房裡很乾淨，和式榻榻米上，鋪好的床褥平整地放了一條素色的輪袈裟，上面繡有金色的曹洞宗龍膽宗紋，是方便俗家弟子來參禪的時候可以配戴的租借品。

房內有一扇門樣華美的壁櫥，壁龕擺了一瓶花。簡直與一般旅社無差別。

「本寺今日持午，不會提供晚膳了，請好好休息。」廣印合掌說罷，就關門離去了。晚飯沒得吃，一個人在禪房裡也沒別的事情好做，等待夜色稍起，心想乾脆早早睡吧。烏鴉啼鳴過後，曹洞別院顯得十分安靜，闊大的寺地果真把塵囂都隔絕在外了，這裡還是台北城嗎？漸漸聽到夜蟲，我有點遲疑了。

正在想著明天要如何去尋找周大川的時候，感到一陣悶熱，隨手推開窗戶，卻看到事發的白色鐘樓，映著皎潔的月光，亮晃晃地就在眼前。

約莫三層樓高，頂層掛了一座銅鐘，銅鐘四周都有欄杆，只是從我這個方向正好可以看見東面的欄杆上，有一道很明顯的裂痕。那是被重物拉扯過而受力斷裂的痕跡。所以清藏律師和警方都推斷，道會禪師綁好麻繩後，一跳而下造成這樣的痕跡。即使心裡想著周大川的事情，我不免也揣測起這樣的痕跡是否只有一種解釋的可能？

清藏律師遇到的，不只是一個單純的命案，更是整個教團的危機。

## 五日目

跟著周老管家一走進周家的三層洋樓，周老管家只是對著樓上喊了一聲：「夫人，有人客從府城來了。」

「好，稍等我一下。」樓上傳來了女人柔軟如絹帛的聲音。

不久，千紅便扶著肚子，走下樓梯；周老管家說話的態度十分謙恭，千紅的回話也極為和緩，我想像他們是一對相處不到半年的主僕，對答才會有這麼生澀的感覺。

我很順利地被周老管家請進周家作客，而此時的周家，只有晉升周夫人的千紅和周老管家兩人。

「夫人，這位先生說他有二少爺的批信，要親送給大少爺。我自作主張請他進來，請夫人莫見怪。」老邁的管家跟著主人姓周，他穿著短馬褂和長衫，只是梳了個整齊的油頭，看起來就不再是從前那些愛穿馬褂長衫，還留著辮子的人。穩重的氣質裡多了幾分來自內地的摩登感。應該有七十開外了，但神采奕奕，給人一種十分安穩可靠的感覺。

「沒要緊，這位先生，咦？你不是在街頭賣什細的秀仁先生嗎？」

千紅認出我來，我也沒有迴避地與她對答。

「是，因為周亞思公子拜託我，務必要把這封信給周大川公子。」

「老管家，快給秀仁先生斟茶。秀仁先生，請坐。」

「是，夫人。」

今天起了個大早，我照著清藏律師的建議，拎著兩個大公事包，從太平町通的街尾開始，沿途問起周大川的住所；不再把兩百圓的事情掛在嘴邊，我改口有來自周亞思的家書要親送給周大川。沒問過幾個人，被剛走出周家，正要去買辦生活用品的周老管家碰上，他聽到我拿著周亞思寫的家書在尋人，也不多疑，很大方地請我進去周家。

而周家也的確，是在離港口有點距離的太平町通街尾落戶的一棟三層舊洋樓。屋牆上生了些雜草，看是有一點年紀的老房子了，和壽町的周家新厝有著對比的差異。我不知道清藏律師怎麼算出來的，但既然都被他說中了，那就代表曹洞別院與我還有點緣分，少不了又要再去問他煩他個幾回。

「秀仁先生，你說有信，是二弟他怎麼了嗎？」我與千紅對著一張茶案而坐，千紅既問起了信，我便把信放在茶案上，推到她的眼前，以示其真偽。

「是，但是他交代要我親手交給周大川公子，所以……。」

「喔，沒關係沒關係，來。」此時，周老管家剛好把泡好的茶給端了出來，千紅替我斟上了一杯淺褐色的茶湯：「這是我們自己家的鐵觀音，你慢慢喝，我請管家去整理一下樓上的客房，你今天就先住下吧。」

「這怎麼好意思呢？」

沒想到千紅一開口就要留我，她話說一半，我正要阻止，她便又接著自己往下說：「我頭家還沒返來啦，但是船期的確是明天的，他明天一定會返來，請你今晚就暫時住在二樓的客房吧。

你應該還沒找到所在住吧？」

「是，謝謝周夫人好意，但是我……」我呷了一口茶，其芳味沉厚婉轉，餘韻無窮，絕對不是一般的粗茶。飲這樣的好茶，卻還要頻頻掩飾我討債的動機，讓我一方面提心吊膽，另方面不禁還覺得十分羞愧。

「不要但是了，出外互相幫助，沒什麼啦。」千紅趁著我在喝茶的時候，趕緊接了話。

「好吧，那我就不客氣了。」

「老管家，幫我把樓上的客房整理一下吧。」

「是，夫人。」周老管家上罷了茶水後，就上樓去幫我整理房間了。

沒想到事情如此順利，還住進了周家。但因為我堅持周亞思的信要親手交給周大川，所以千紅也就不跟我強索了。這封信黏得死緊，幾次想摳下漿糊卻怕撕破信封；連我都沒看過這封信的內容，這封信當然也只能讓周大川看。

周老管家上樓之後，我和千紅大致聊了一下。千紅無所顧忌地告訴我，她七歲被阿琴買走，二十二歲被周大川贖出來，渾渾噩噩的皮肉生意畢竟都是在不懂事的歲月度過去的，從今天起就是周家少奶奶，那這樣的人生過得其實也算是很幸福了。

「而且，現在又要作阿母了。」她摸著肚子說，她和周大川是這兩個月才上來大稻埕住的，所以對台北也依然很生疏。想到我為了一封無聊的家書親自送上來台北，千紅說，她一定要留我下來住，才不失禮數。

我看著她稍微鼓起的小腹，還有一身寬鬆的洋裝，點點碎花和露出手臂的剪裁，出入在熱鬧的太平町通，與時下流行的旗裝或留袖和服錯身而過，互別苗頭；更與現在的季節，那些冒出地頭的小草花搭檔得十分融洽。

看樣子，她不知道我是為了兩百圓的贖金來的。

「而且這孩子長得真緊，才三個月爾爾，我就覺得好沉重。」

「請周夫人多多保重。」

「多謝！」千紅嫣然一笑，我想起她在春紅樓陪著萬千酒客們也是這樣的倩笑，不同的是，如今她一手托著腹肚的慈藹模樣，讓她的風韻更圓熟，淺淺地蘊藏著似乎是更深邃嬌柔的媚感；但同時，她的儀態卻也更莊重，不再像是賺吃的酒家女子了。

老管家很快就走下樓來，他硬是要幫我提醫生包，我推拖了一下，最後決定一人提一個，我把較重的那個讓給他，以免他問起我帶著空包包的用意；他很有禮貌地說道：「秀仁先生，請跟我上樓！」

二樓的客房是一間木拉門的和室，榻榻米新得幾乎可以透出一層嫩綠的光澤。我正要踏進房內的時候，對於踩在腳下的嶄新榻榻米感到有些猶疑，但周老管家的和藹態度讓我只好順著他的盛情，放下了心中的疑慮，一擺手便將行李擱在榻榻米上。

房內有一個壁櫥和掛著字軸的壁龕，字軸用草書寫著「日日是好日」。洋樓裡還保留著和室的房子已經不多見了，我瞄了一眼二樓另一邊的兩個房門，都是獨扇門扉，附帶銅把手與鎖匙孔的西洋房門，而不是雙開敞門的和式房間。這層只有我住的這間客房是和室。

「請好好休息，用膳的時候會來提醒秀仁先生的。」

「謝謝。」

周老管家告退後，幫我關上木拉門，就獨自下樓去了。我想，好不容易進了周家，還是要找找看有沒有什麼線索或是材料，讓我明天見到周大川的時候，可以順利地要到那兩百圓。我在壁櫥裡找到床褥和枕頭，以及一個和昨天晚上在曹洞別院裡看到的，同樣有曹洞龍膽宗紋的素色輪袈裟，而且很新，幾乎沒有怎麼使用過；雖然同在一個城市裡，周家成為曹洞宗的檀越信徒也不是什麼奇怪的事情，但我還是下意識地把這個輪袈裟藏到我那個比較空的公事包裡。我似乎察覺了什麼自己都不知道的癥結點。我自問自答，試著排解可能的線索：兩個月的時間就入信曹洞宗？還是早在府城的時候就是曹洞信徒了呢？我不記得府城有曹洞宗的佈教所，跟在清藏律師身邊那麼久，只見過好幾位淨土真宗和真言宗的修行僧人，曹洞宗的倒是一個都沒見過。聽說曹洞宗大多都是內地人在信的，本島人很難學會他們的禪法。

我也找到昨天在廣印脖子上看到過的那種曹洞宗專用的念珠，一串百八十顆的菩提子念珠，念珠串中的還穿了一個銀環。一盒沒燒完的線香，兩支燒過一點點芯頭的白蠟燭；以及，一顆應該是珊瑚的紅圓珠子，鑲在銀框上。壁櫥裡除了寢具以外，剩下的雜物全都是佛具，而且都有使用過的痕跡，但似乎都沒有使用很久。所以那顆紅珊瑚特別吸引我的注意，會是千紅的東西嗎？放在這裡頭幹什麼呢？我把珠子也收進公事包，雖然搞不清楚，但依舊不敢大意。

我看那掛著的字軸，無心地數著念珠。

那這棟老舊的洋樓也是屬於周家的嗎？我開始算數兩百圓大概佔去周家總財產的幾分之幾。

「秀仁先生！」

突如其來的敲門聲讓我心頭一震，雖然說是供我住的房間，但是我把壁櫥裡的東西翻得這樣，還偷走了幾個可能根本不相干的小東西，未免太失禮數，情急之下，我便將所有的佛具念珠都塞進了大公事包裡，然後整個公事包塞回壁櫥。

「來了。」確定東西都藏好了之後，我才趕緊關上壁櫥，裝作若無其事地打開木拉門：「怎麼了嗎？」

「可以用膳了。」

「這麼快？」

「不，本來就在準備了午膳了，堵到秀仁先生來拜訪，夫人就讓我去多買一些現成的酒菜。」

「好。」我還以為是我想事情想得太出神，以致於沒注意到時間的速度。

隨著周老管家下樓，千紅已經入席，而且換上了一套正式的服裝——點有翠花與草花圖騰交纏的綠色夏季短旗袍，肚子的地方似乎還特地請人修大過，嬰胎的形狀更加明顯。

那一抹湖水綠的新色與現在的氣候再適合不過了，我看見千紅似乎還特地簪上了與之相配的白色玉簪。跟湖水一樣柔軟，又比白玉更溫潤的，還有周夫人勸飯的聲音：「秀仁先生，來吃點台北人的口味吧。」

光是中餐就吃得十分豐盛，號稱是台北人的口味，其實就是些野性很重的佐味方式，雞肉豬肉都是斬得大塊大塊，酒也嗆辣，菜也偏鹹。桌上沒有河鮮但是有山產野鹿肉，腥羶去得很仔細，但炒作卻很隨便，大蔥蒜頭和醬油。我吃得雖不習慣，只是我對吃的適應性之強，依然向千紅添了三次飯，她很開心我喜歡台北的酒菜。

「還好你吃得有慣習，我們頭一天來台北的時候，吃一口菜尚無也要配一杯茶才有夠。都太鹹了。」千紅替我挾了一片雞肉說道：「也沒想到，重口味才吃了一個多月，居然就全都慣習了。」

「我也覺得還蠻合我胃口的。」

「那就好，因為這裡實在買不到，也做不太出府城的口味。」千紅待人十分有禮，說話的聲音也極其溫柔，溫柔到幾乎察覺不出她說話時的情感。

「沒關係，夫人請別放在心上。」與千紅交談的時候，總讓我想到阿琴穿著和服走在太陽底下也不喊熱的功夫。這大概就是春紅樓的真本事吧！思索至此，我再度反覆確信的是，眼前現在這位周夫人，本名郭綿、花名千紅的周夫人，她沒有因為我的出現而感到恐慌，甚至以禮相待到這樣的地步。若不是她的演技超絕，那就是她對於周大川欠債一事果真毫無所知。

「嗯，吃完就好好休息吧。明天我頭家回來再叫你。」

「多謝周夫人。」

飯後回到二樓的客房內，我斷定千紅應該不知道周大川騙了阿琴的事情。除此之外，我看是沒有其他事了，早早鋪好床鋪，準備先來場午睡。我心裡頭想說既然都找到周大川的家了，便沒有什麼要顧忌的事情了，一霎時鬆懈下來，睡到七點多被周老管家叫醒，為的就還不過是再吃一餐晚餐。吃飽睡，睡飽吃的日子我已許久沒過，沒想到，半夜就因為這樣的懈怠懶惰而睡不著了。

晚膳吃得也是同樣地豪華，千紅跟周老管家還頻頻對我言道：「都是些尋常飯菜。」卻讓我吃得竟起了些罪惡感。

夜半——

事件通常都是在這個時候發生的。

平常都是累到睡著的，但今天的日子過得實在是太安逸了，反而因此導致嚴重失眠的我，忽然聽見了很細微的敲門聲。

起先，我以為是屋外傳來的。我推窗看見樓下的馬路，空蕩蕩地一片漆黑，宛如深沉的流沙烏河，不浮鵝毛沒有半點雜物，更無行人。

「叩！」

只有一聲，不像一般敲門的聲音。

我打算等他敲第二響，但是大概等了五分鐘，遲遲沒有再響起。我想會不會是門外的什麼東西被風吹動了。因為一個人住在外頭，大概有點神經質吧。

「叩！」

敲門聲再響起的時候，已經是半小時後了，而且我看著門的方向，這次我很確定是敲門聲了。我覺得有必要看看門外的情況究竟如何，正待要開門的時候，兩扇木門中間的門縫忽然被塞進了一張紙條，上面潦草的字跡寫著：「明天早上六點，我會再來。」

我趕緊拉開木門，門外的那人反被我嚇了一跳。

「喔！」

原來是周老管家，管家看到我，也大吁了一聲。

「驚到我，實在真歹勢，也驚到你了。」

「是周老管家，這暗了，有什麼事呢？」

「嗯，我們外口講吧，你跟我出去一下，方便嗎？」

「好是好，抑不過是什麼事呢？」

「現在不說不行的事。請吧。」

我看周老管家的樣子，然後又想到他在門外徘徊了半個小時以上，想敲我的門但又不敢太大聲。周老管家跟我一樣睡在二樓，他有什麼糾結的事情不敢說呢？我便想到他應該是不想驚動在三樓睡覺的千紅吧！

這下如果不是千紅的好事，那就肯定是郭綿的好事了。

周老管家帶著我，走到街口後又拐了一個彎。

「這裡應該可以了。」周老管家自顧自地講：「不好意思，這麼暗了還帶你出來飼蚊。因為這事情不說不行，等到明天大少爺回來，就沒機會說了。」

「好吧，請講。」

「秀仁兄，我就直接講了，你在府城算是很有名的人了，雖然我沒跟你買過雜貨，但至少我在府城也聽過你的叫賣，還有你的好名聲，所以我想拜託你，請你幫我找周夫人回來。」

「周夫人？她不是在厝裡嗎？」

「不是的，她不是周夫人。」

「那她是？」

「她根本不能算是周家的人，哼。」周管家說到此，有點惱怒：「千方百計想進來周家，還不就是以為大少爺還有財產可以分給她！」

「我聽得有點糊塗。」

「是這樣的。」周老管家接下來敘述的事情，其實就只是周家近半年的財務與遷徙的情況。這看似一個小商之家的興衰，卻成了我的警鐘、清藏律師的戒銘，一個法庭之上永遠不能或忘的判例。

周老管家說，周家本來在安溪，從事茶葉生意。

「什麼樣的茶？有自己的茶園嗎？」

「是，有一片不小的茶園，專門在炒鐵觀音的。」

這樣我就明白了，為什麼清藏律師的指引可以這麼容易找到周家；千紅今天也拿出自家的高級茶葉請我喝，一般人家要有這樣甘醇的茶是很不容易的。安溪名產就是鐵觀音，清藏律師是從這個方向猜，一個安溪來的小家族如何買得起兩棟洋房？那想必是很有賺頭的生意吧，而在安溪，茶葉是最容易讓人致富的一途。家裡囤放了大批茶葉，一定不敢住得離港邊太近，莫說潰堤淹水，就是每天的潮氣就很夠受了；所以周亞思住在府城的壽町，離水不遠但又隔了幾個町；那周大川搬到台北，一定也是住在這種靠港但又離海水河潮有段距離的地方。方便到港邊查詢出入貨的船期，又能避掉海風之患。

可是因為才起了新厝、付了八百元贖金，匆匆哪有得新房可住，所以肯定是暫住在遠離港邊的老房子了。

大哥周大川，小弟周亞思，兄弟兩個感情和睦，一起繼承家業，一起賺錢。周老管家說道：「我是親眼看著兩位少爺大漢的。就算說周老爺已經過世十幾年了，我還是叫他們少爺。在我們周家，或者說，在我的心目中，周老爺就永遠是那一位。大少爺和二少爺也是如此認為，所以就讓我繼續叫他們少爺。」

「那周家怎麼會搬到台灣來呢？」

「喔，那是後來啊，唐山有戰亂的消息，才決定搬來台灣，留下茶園和一個簡單的茶莊，負責產茶出茶，買賣的事情就開始在台灣處理了。」周老管家說的戰亂，這幾年在唐山幾乎沒有休歇過：「只是，當初留少夫人一個人在唐山，根本就是錯誤的決定。」

「少夫人還留在那裡？」

「大少爺的意思是說，總得要有個自己人來掌管家族的茶園。」

「不是有二少爺嗎？」

「二少爺本來自告奮勇要留在唐山的，但是，唉。你一定也想說，一般人不是都會帶上自己的妻子嗎？」

「而且這也算是逃難吧？沒道理把妻子留在戰地，自己兄弟仔逃過來。」

「那，那是大少爺的意思。他說，他既然沒辦法替周家生下半個孩子，也就算了，至少二少爺這一點香火不能斷絕。否則他就算守住茶園，最後也是變成別人的。」

「喔，這麼說也有點道理。」

「是，不過，後來這個道理就生變了。大少爺來到這裡，認識了千紅這個女人，就懷了周家的骨肉。」

「那是不是周家的人還很難說呢！」我看周老管家說得義憤填膺，也就加碼把自己的聽聞交換出來：「聽說當初在府城，是千紅硬逼周大少爺認下這個孩子的。」

「是吧！這種醜事居然發生在周家。是我對不起周老爺。」周老管家說這話的時候，搖了搖頭。嘆了一口可以把天上的明月吹出一層薄霧的氣，好無奈地繼續跟我訴說他的煩惱。

我為了五十圓的額外收入，當然聽得十分認真，也回答得很懇切。

「別這樣說。老管家，那你說說看，原本的周夫人是什麼樣的人。」

「大少爺在唐山娶的媳婦，是照顧過周老爺的正牌夫人；那才是我認定的唯一的周夫人，周月里周少夫人。少夫人會管理生意，又勤儉，哪親像現在這個千紅，三頓都是雞鴨！周家的夫人才不是千紅那個討債的娼婦！」

「那，你該不會是要我去唐山幫你找周月里夫人吧？」我從府城一路尋人尋上來，已經尋得怕了。尋人其實是很耗費精神與體力的，尤其是尋找活人，找死人倒容易得多了。我很想只接尋死人的任務，但尋活人工作卻從未停過，因為沒有人能夠事前知道，被尋找的那個人是死是活。

「不用，我早就把少夫人接過來台灣了。」周老管家這時才說到重點：「當時，搬來台灣已經過了一陣子，我看大少爺和二少爺安頓得差不多了，沒道理讓少夫人一個人在那冷清的茶莊過舊曆年，等到正月初的時候，我就請少夫人買好船票，帶著行李搬來台灣。」

「那她人呢？」

周老管家聽我問起了月里的行蹤，便嘆了口氣，在月光的照映下，清透的淚水滑過歲月風積的兩頰；他重重地在臉上撫了兩下，像是要從臉上挖掘出深沉的過往，把臉都扭得擰了。

周老管家說著說著就懊悔不已的這些舉止，才像是主僕多年的感情流露。

「我看大少爺這樣子不是款，決意要把少夫人接過來。但是我連二少爺都沒找他商量，就自作主張，私底下幫少夫人買了船票，送少夫人上船。」周老管家說：「少夫人當下是沒有拒絕，但是她那也不算答應。她是想說，來台灣看看，三五天後再回去忙茶莊的事情。」

「那少夫人的船呢？她是在哪裡失蹤的？這裡，還是唐山？」

「少夫人有搭上船，也靠了這裡的岸，還是我親自去接她的。」

我以為半路遇上劫船，但其實周少夫人安然抵達台灣，周老管家還在府城安平港請了樂隊相迎，弄得十分鬧熱。為了迎接少夫人回家，壽町的周家門口點了一長串鞭炮，一時間附近的鄰居都很訝異，原來落戶了三個多月的周家，其實有正牌夫人。他們本來以為兩兄弟都是羅漢腳仔，所以周大川天天上春紅樓；好事的人甚至早就為了周大川會不會娶千紅作老婆的事情，開了好幾次的賭盤。這下那些組頭都頭殼抱著燒了。

「那少夫人怎麼會不見了呢？」

「因為，我這樣自作主張，惹得大少爺不高興。」

「見到自己的妻子，有什麼不高興的？是礙著他了吧！」我當然知道，這件事情跟千紅脫不了關係，男人因為尋芳而把正妻趕跑的事情，多不勝數，但於情於理都很說不過去。

「啊，真的，就是秀仁先生說的，因為這樣會妨礙他跟千紅相好！」周老管家說：「大少爺嘴巴上不是這麼說，但實際上就是如此。」

「那他是怎麼說？」

周老管家轉述了周大川的說法是，唐山的茶莊失去值得信賴的人看管，品質會有問題。這麼說法，對善管家事的月里來講是很體貼沒錯，而且月里本來就沒有要久待，聽到周大川這麼說，居然也附和了。但周老管家知道，這只是演技，大少爺不希望看到少夫人，因為他當時正準備要把千紅贖進家門。

「這也是為什麼我把少夫人接過來的原因之一，大少爺把兩期的貨款都拿去春紅樓黑白開，我就是怕事情會演變成今天這樣。」

「今天這樣？」

「是。」我還沒聽懂今天這樣是哪樣，周老管家繼續說他的故事；那時周大川連忙訂了回頭船，執意當天就要把周月里再送回唐山：「我當時認為，少夫人一個人千辛萬苦來了又去，太勞累了，但是大少爺硬要趕人，我就很火大。」

「那你怎麼辦？」

「不怎麼辦，我自己辦。我先讓少夫人去住旅館，然後趕緊拜託我在台北的朋友，清出了現在太平町通的那間房子，讓少夫人暫時有地方可以住。我騙大少爺說，少夫人回去唐山的茶莊了。」

「他相信嗎？」

「大少爺當然相信了，他也沒對我發什麼脾氣，他只是警告我下次要做事情之前必須知會他。」

「你把少夫人送到這裡之後，人就不見了？」

「不，我的朋友原本都有替我照顧少夫人。少夫人失蹤，是後來大少爺帶著千紅搬上台北之後的事情。」

「你還真無閒。」

「我的願望，就是周家可以早日團圓，所以我無時都在尋找可以趕走千紅的方法，我相信只要趕走千紅，少夫人就可以回來了。」

「耶等等，所以那棟太平町的房子不是周家的？」

「周家？周家沒本事了啦，周家剩下府城那間房子能看了。」

原來這就是周家的「今天這樣」。

「怎麼說？不是還有茶園嗎？」

「唐山大戰啊，就在這個月，廣東那邊打了起來，雖然安溪老厝沒有變成戰場，但是聽那裡的長工寄信來說，茶莊被軍隊整個接收過去，當作練兵的基地了。」周老管家說道：「少夫人在台北住的那段時間，都託給我的朋友照顧，我朋友說，少夫人本來是想要回去了，後來也是聽說戰爭愈來愈激烈，才會聽我的建議繼續住在台北，暫且先不回去唐山了。」

難怪我去壽町找周亞思的時候，大門深鎖又看不見任何茶貨。一般賣茶的茶莊茶行都會把自家大廳當作店面，周家應該要敞開大門等客人上門才對。原來是茶莊沒了，沒茶可賣。那也就能說明周大川為什麼拿不出兩百圓贖金了，周大川拿出八百圓的贖身金之後，他手上應該就沒有現金了，所以他才要編謊話，逃到台北來。

「咦，那你說把少夫人接來台北這裡，人呢？」

「是這樣，大少爺贖了千紅，但是贖金不夠，他就騙了春紅樓的老娼，然後問我哪裡可以暫避風頭。我想，人在落魄的時候，應該會想到自己的糟糠妻了吧，所以又擅自決定要引他上來跟少夫人團圓。結果，我又做錯了。」

「他們尪某的問題哪有這麼容易解決！我光是聽你這麼說，我就替月里的生命感到擔憂。」我知道忠心耿耿是怎麼一回事，但我也知道愈幫愈忙這句話的意思：「我要是周大川，說不定還把月里給怎麼樣了。」

「是，我真的沒想到。大少爺當時因為欠錢，一心只想趕緊逃跑，所以二話不說就要隨我的安排上來台北。」

「等他看到月里，不氣死才怪！」

「真的是這樣。大少爺來到大稻埕，他一看到少夫人，就當著千紅的面，發了性地，他說少夫人不走，他要……他說就要……。」周老管家說到傷心處，不禁一抽一抽哭了起來、哭出了聲來。

「就要怎樣？」

「他說他就要殺掉少夫人！我沒辦法，就趕緊再把少夫人送走。」

「送去哪裡了？」

「不知道了。」

「人送來送去，都是你送的，你怎麼不知道她在哪裡？」

「我也沒辦法，台北我也不熟，最後我就請我的朋友幫我安排，我朋友都跟我說好了，他讓少夫人住在他那邊，他那邊是寺院，我當然是很放心的。但是，那個朋友前幾天死了。死了之後，我再去問，就沒有人知道少夫人去哪裡了。」周老管家說罷，指了指曹洞別院的方向：「你來的時候有聽說曹洞別院吧？我的朋友就是在那裡當和尚的，這是唯一我可以給你的線索。」

「你朋友死在那裡？」我想起那棟在深夜中猶似發著微弱白光的鐘樓。

「對，他是十年前出家的，法號道會。我就是希望秀仁先生，能幫我去曹洞別院看看有沒有什麼可疑的地方。聽說秀仁先生斷案如神，不輸青天。」

被稱讚了，我心裡的雀躍無法掩藏；但是找到重要線索，我更是差點就把道會禪師的事情說溜嘴。索性就笑笑看著老管家。

「拜託你了，秀仁先生。」周老管家他伸出雙手，按著我的肩膀，他用充滿哀求的眼神地看著我。月光下，他的臉已經不像早上剛看到時那樣充滿活力了，垂著倒八字的眼角，凹陷的眼窩，哭過的紅腫痕跡讓他的樣子變得好老、好憔悴。多年的主僕，才培養得出這樣的情緒。而且看他說這些話的樣子，也不像是會說白賊的人。

「沒問題。」

「不過，」他聽到了我的答應，頓時就鬆開了雙手，但好似又陷入了另一層的焦慮：「這樣你就暫時不能住在周家了，怎麼辦呢？」

「沒關係，我去找我朋友。」我胡亂指了指曹洞別院的方向，反正周老管家哪裡知道我早就去過一趟，還住過那裡了呢。

得去找清藏律師，因為所有的謎面又回到他那裡了。

## 六日目

我跟著周老管家回到周家，月亮還掛在天頂，只是稍稍有點偏斜而已。我趕緊把行李收拾乾淨，但是當我打開行李的時候，看見剛才胡亂丟進去的那包公事包。

「好了嗎？」門外，周老管家輕聲地問道。

「好了好了。」我的直覺告訴我，必須把這些佛具都帶走，想到這裡的時候，我已經扣緊了公事包的銅鎖扣。

我帶著兩包公事包上來，一包裝了換下來的舊衣服，一包除了佛具和周亞思的信之外，還是空蕩蕩的，根本沒機會去拉什麼乾貨雜細，而且現在連五十圓佣金，可能也要賺不到了。

我把原本裝衣服重的那包給周老管家，他仔細地替我拎著下樓。

那麼，讓我把案件追完的動力，就是道會禪師的死，以及周月里的生死之謎了。

我再回到曹洞別院的時候，已經可以聽到麻雀的鳴叫聲了，而在這此起彼落的鳥語中，我聽見那個鐘樓發出了清脆繞樑的聲響，餘韻的音波也嗡嗡不斷，地上的麻雀被鐘聲驚起，飛上山門的屋簷。

是早課的時間了。

我在山門外，忍著瞌睡，等了足足一個小時。前天那位知客僧廣印，看似也做完了功課，他走近山門，遠遠就認出了我，迎面對我合掌：「請問施主今天，也是找清藏律師的嗎？」

「是，是，是。可以幫我轉告一下嗎？」

「好的，不過律師有交代，如果施主再來，請到前天的喫茶館去等，他稍後就到。」

「好的，好的。」清藏律師是這麼聰明的人，他當然也料到我會再回來找他，而且跟他搭檔那麼久，早就習慣他這種做事風格了。只是不知道，當清藏律師聽到道會禪師有他殺的可能，會有什麼看法？

我照舊點了一杯咖啡，也幫律師點好了綠茶；等到茶要上桌的時候，他也剛好推開了咖啡館的木門進來了。

「你有進展了吧？」

「是，那你呢律師？」

「我是有在道會的房間找到一根奇怪木頭，還不知道是什麼。目前最確定的還是只有廣印的說法。他說，事發當晚，道會禪師隨口說要去找「粿仔麵」的事情，讓他想不透，但是他多少也聽得出，道會禪師的口氣內底，是在應付他。所以他才會守夜，隨時在等待道會禪師回到別院裡。」

「什麼木頭呢？」

「這個。」清藏律師拿出來的，是一根不到二十公分長的，尖細木頭；比筷子細、比妻楊枝粗，全都上了高級的黑漆。看起來像髮簪，但是頭的部分是斷裂的。

「會是什麼兇器嗎？」

「還不清楚，這是道會禪師房內最奇怪的一個東西。」

「嗯。」一變成是我在聽清藏律師匯報他的狀況，而且我還故意不先說出昨晚的奇遇，拐彎抹角地問些不相干的話：「那道會禪師沒吃素嗎？粿仔麵不都是作葷的？用了很多肉臊什麼的。」

「嗯，這個粿仔麵啊，我有去問過暗時九點了後還在這附近擺攤的頭家，他們都是賣葷的粿仔麵，而且只有兩攤，沒有人見過道會禪師。還有，道會禪師的自殺，已經很確定了，警察驗過之後，認為沒有加工的嫌疑，這當然跟我看到的一樣，包括鐘樓上的欄杆，有一塊損傷很嚴重的吊痕，那是人必須位樓頂出大力給跳下，才有辦法造成這款的吊痕；若講是他殺，那兇手必須有把整個道會禪師從空中拋下的臂力，也就是兇手必須是個至少跟鐘樓平高的巨人，才有可能。」

「那就是根本不可能嘛！」我輕輕推了桌子一下，因為我沒想過鐘樓的吊痕會推翻我這邊蒐集到的可能的證據。我認為，道會禪師應該是惹到了周大川什麼事情，例如窩藏月里被他發現，然後被周大川殺害。按照清藏律師這麼說，我這裡如鐵纜般的線索似乎也漸漸變成了無實的虛線。

「可最麻煩的就是這點，道會禪師完全沒有自殺的理由。什麼畏罪，什麼憂慮，什麼久病厭世的，他都沒有。他才剛當上禪法教授師，而且還是那個曹洞宗的，這樣弄得我根本無從下手。啊！」

清藏律師像找不到人吐苦水一樣，一見到我就嘩啦嘩啦說了一堆，猛喝了一大口茶水，又長嘆了一口氣。我很少看他嘆氣的。

「那我想，該是我出馬的時候了。」雖然因為吊痕的情報讓我有些退縮，但畢竟我這裡還是查到了清藏律師會想知道的線索，那就代表前天他說不肯幫我，是個天大的錯誤決定；我不免有點驕傲地說起，被請進周家，聽周老管家說話的經歷：「總之，我的判斷是，道會禪師被很高明的技巧，偽裝成自殺；而用意與動機很簡單，就是他收容了周大川跟郭綿的眼中釘，周月里。」

「郭綿？周月里？這些都是誰？」

「就是千紅的本名啊，我上擺跟你講過了。」清藏律師當真不把我說過的事情放在心上，全神貫注在他的同門佛友之死：「那個周月里本底是周大川的大房，是尾仔到台灣了後，周大川另外娶了有身的郭綿，也就是春紅樓的伎女千紅。」

清藏律師聽完我說的話，點了點頭，發出了一長聲的：「嗯～。」

然後就不講話了。

清藏律師坐在我的對面，他的方向可以看到窗外；而我則是面對喫茶店的吧檯。我看他沉默了很久，接著眼神飄到我的後方，我也忍不住回頭看看窗外有什麼好看的。

「啊，下雨了。」我不禁脫口而出。

就在我回頭的瞬間，窗外起了一場陣雨，清晨的雨讓天色看起來像灰抹布。這幾天斷斷續續地下著忽大忽小的雨，五月的天氣有時候讓人感到滯悶，好想手腳都被溼氣包捆著一樣。

木格子窗外，可以看到鐘樓飄渺的身影，白色的鐘樓在一片綠樹的掩映下，特別顯眼。曹洞別院是這一帶規模最大的佛寺，剛蓋好的鐘樓跟其他的山門或本堂都十分引人注意，整個曹洞別院，是這附近的重要地標。

我回過頭來，把窗外的雨聲暫且擱下，但是清藏律師他卻還在注意窗外的方向，目光定在那裡好久。

「怎麼了嗎？」

「不是雨。」

「怎麼不是雨？」雨聲都已經透著玻璃窗傳進來了，喫茶店的隔音效果當然比松本寺的木造隔間好太多了，但連這樣都能聽見滂沱的雨聲，怎麼會說不是雨？我再回頭仔細看窗外，兩線道的馬路上都積了小水窪，驟然來的晨雨，聲勢不小。

「我的意思是，我在看的不是雨，你看窗邊，那張海報。」清藏律師伸手一指，木格子窗旁有一張舞台演劇的海報。劇名用黃色的摩登字體寫著《無情之恨》，然後畫了一男兩女，都穿著和服，男人夾在中間，一顆頭卻有兩張臉，一張看著左邊的女子，一張望向右邊的女子。

上演日期寫著：「一九一一，五月四日。」

是張老海報了。

「怎麼了嗎？這齣劇，你看過？」

「今天正好是五月三日，明天五月四日。」

「唉，那個不重要吧？重要的是……」

「不！很重要，你知道《無情之恨》這齣劇，演的內容是什麼嗎？」

「不知道。」

「這齣劇後來改拍成映畫，叫做《台北奇案》，大概是三年前上映的。」

「我不知道律師你會注意這些耶！映畫跟演劇什麼的。」

「我是不會注意這些，但這齣劇的內容讓我不注意不行。」清藏律師看我不解的樣子，他拉了拉左肩的袈裟，整理了衣領，挪正了他椅子，嚴肅地對我說：「這次要破道會禪師的案子，就得靠這齣劇了。」

「不懂，你說給我聽。」絕對不是我糊塗，而是清藏律師這樣的情緒起伏來得太突然，讓人措手不及。

「好，你有聽過周成嗎？」

我一聽，心想又姓周，但腦筋轉一轉，就想起聽過這個名字了：「有，就是傳說怪譚的那個嘛！」

「應該不能說是怪譚，我認為果真是有這樣的事情，就在我們不知道的角落裡發生過。」

「嗯，是有可能啦，就是位唐山來台灣做生意的丈夫，貪戀台灣的女人，不肯回去唐山；元配帶著孩子來找他，結果卻反被殺害的社會案件。」

「對吧，是這很合理的常情，從古早時代的陳世美就有了。」

「那，有些會講到元配被害死的冤魂作祟，就是騙囡仔的了吧？」

「是，但是你有發現嗎，現下的情況，跟你要找周月里的委託根本是同樣的情節啊！」

「所以，你的意思是，月里已經被殺害了嗎？」

「這個還很難說，不過，這次還真的是你幫了個大忙。沒想到我的佛友道會禪師，會跟你要找的周月里有關係。」

「咦！什麼關係？」

「你剛剛說，元配冤魂作祟，她是怎麼作祟的？」

「你說《過台灣》喔？就是附身在周成身上啊，把那個搶她尪的查某千刀萬剮了後，最後讓周成自己引刀自殺身亡。這就是傳說怪譚的補償作用吧，壞人總要得到惡報，故事才能圓滿結束。」

「不，不是故事要這樣結束，就是真實世間的因果也是這樣結束的。善惡到頭終有報。」清藏律師兩手合掌，沉了一秒後，他緩緩放掌，像是準備要對我開示一樣說道：「我的看法是，周成沒有被附身，而是有人看不過元配的遭遇，替她出一口氣，把兩個惡人殺死之後，偽佈成周成殺人後自殺，然後對人家說周成被元配的冤魂附身的後話。」

「是有可能，所以律師的意思是，就算月里真的死了，也會有人替月里復仇？」

「可能。只能說可能。」說罷，清藏律師還是看著我身後的方向，卻突然站了起來：「雖然很不想這麼說，但這次真的是靠秀仁你的幫忙才能破案。」

「我的幫忙？不對吧，根本是我破的案啊。」我看著清藏律師，他則莫可奈何地苦笑了一陣。

「不，啊算了，沒關係。雨剛好停了，跟我來吧。我想通了，關於道會禪師的自殺。」

清藏律師拉開椅子，走到吧檯前，結了茶錢咖啡錢；我正要開口謝謝律師請客，但心想不對，就提著兩個公事包跟到吧檯前，很小聲地問了他一句：「不是自殺啊，你怎麼又說是自殺？」

「肯定是自殺的啦。道會禪師畏罪自殺，我很不想這樣評斷我的同門，但如今事實似乎是如此了。這就是因果！」清藏律師邊解釋著他的新觀點，卻沒有停下腳步，推開喫茶店的門，雨勢消退無跡；這場雨，來得快，去得更急。清藏律師的速度，包括行走與思考的速度，讓平常拉推車為業而練出一身腳力的我，也跟得有點辛苦。

「道會禪師答應了周老管家的委託，但他不知道甚麼緣故而毀約了。」

「毀約？他洩漏了月里的住處嗎？」

「或許是，走吧。」

「要去哪？」

「你先把那封信交給周大川，確認他有看完信之後，你就回來找我。」

「我自己去嗎？」

「對，你去完周家，就趕快回曹洞別院找我。啊，你的這兩包就先交給我吧，我幫你放在那天的禪房裡。」

「那你呢？」

「我要聯絡這裡的警察，請他們準備掠殺害月里的兇手了。」

被清藏律師這麼說，我都有點緊張起來了。雖然說是要抓兇手，但是一點證據都沒有，我甚至連周大川這個人都沒見過，要如何對著來處理的警察說：「是他，就是他殺害了周月里。」

但既然到了最後要破案的階段，退縮是無用的，我從公事包裡撈出了那封周亞思的家書。

就在我打開公事包的同時，我注意到清藏律師的視線，他也看到裡面的佛具了。

「這些是怎麼來的？」他看到佛具的驚訝表情，我永遠也不會忘記。大概是因為他平常的表情也不多的緣故吧。

「我在周家客房的壁櫥找到的。對了，他們的客房，佈置得很像禪房。我這兩天一時仔住這邊，沒兩天又住那邊，兩間房間都相像相像，我都分不清楚了。」

清藏律師聽完，點點頭，像是想通了什麼事情。接過我的公事包，只把周亞思的家書還我，又再次囑咐了我一聲，他就過馬路回曹洞別院去了。

我捏著這封薄薄的家書，感到與那樣的紙量截然不同厚度的深層恐慌。跟著清藏律師破案，也快十年了，但從來沒有這麼緊張過。我想這次應該是被他嚇出來的，光天化日，周家的人再怎麼兇惡，周老管家應該會幫我脫險的。

我想到他老人家慈藹，每每提到月里就難免有點憂愁的親善面容，頓時有了信心，直直走往太平町通的周家去。

到周家的時候，大門正敞開著，地上擺了五、六個麻布袋，圍了三個男人在那裡張望著。看到有其他人在，我就不怕了，邁開步子走向前。

「來，這都是剛從安溪帶回來的鐵觀音，不怕你們試喝，來，一人一杯，品品看，是不是真的鐵觀音！」那三個人圍著正在說話的男子，男子蹲下來把地上的麻布袋解開：「我現泡給你們試，好了再買沒關係，當作交朋友吧！喔咿，管家，去把後面灶腳的茶盤端到八仙桌上來吧！」

「是，大少爺。」周老管家一回完話，正要轉身進灶腳的時候，便看到湊上門邊的我：「啊，大少爺，門口那位，就是那位，他有二少爺的批信啦。」

正在說明茶葉品質的大少爺聽周老管家這麼一說，跟那三位買茶的男子道了個歉：「不好意思，有點私事處理一下，你們等我的管家給你們泡茶。」

「不忙，你慢來。」

周大少爺一見到我，他的眉頭先是皺了一下，而且深吸了一口氣，才走近我面前。

「你是？」大少爺一開口，就讓我有點不舒服。我都找上門了，他卻還要裝傻裝成這個樣子。我不是府城的什麼名人望族，但是我每天都在街上拋頭露面，說要有府城人不認識我，那才真的是奇怪呢！

「我叫秀仁啦，你的小弟託我給你一封信；但我還有點事，信交給你，我任務就算完成了。」發生了這一連串的事情，關於八十圓的債，我哪裡還敢跟他討，只好等清藏律師理出頭緒，我再來想辦法面對秀琴姊了。

「信嗎？我看看。」

「在這裡。」我把手裡捏得老緊的信封交給他，看著他撕開信封，從頭至尾讀了一遍。我盯著他的眼珠子已經把整張信紙都掃過了之後，就要告退了。

「那就這樣，我要回去了。」

「慢走，不送。」大少爺臉色不變，一背手，理都不理我，還把那些要來買茶的客人全都趕走了：「你們先回去吧，今天不賣了。」

我看著那三個買茶客，有人氣沖沖要跟他理論，但也有人拉著勸架，就這樣不歡而散。而周家的兩扇門「乓」地一聲就被大少爺甩上了。

周亞思寫了什麼，讓大少爺如此惱怒？

等我回到曹洞別院的時候，已經過了用晚膳的時間，我就是吃不到曹洞別院的半口飯菜。知客僧廣印這次直接引我到大堂去見清藏律師，但清藏律師卻不是像剛才那樣豁然開朗的樣子，他又恢復到幾天前的愁眉苦臉，對於我的歸來，不置可否地拋了一張蒲團，要我先坐下再說。

「怎麼了？」我看清藏律師的神色不對便開口問道。

「警察他們不管，這下壞了了了。」

「你去報警了？那他們為什麼不管？」

「因為，道會禪師是自殺，月里夫人又沒有下落，連屍體都沒有，你要說誰是兇手？那些警察說，就這樣黑白掠人開辦，史無前例！」

「他們不相信你的推理嗎？」

「推理在這邊沒用啦，他們根本不相信，還說最近沒有什麼命案，最大的命案就是道會禪師，還要我們這些和尚管好自家的事情就好，辦案什麼的，要交給警察他們。」

「那你說壞了了了，又是怎麼回事？」

「如果真的有人殺害月里，唉！」

我要清藏律師講明白一點，他卻不肯繼續往下說清楚。

後天就是道會禪師的頭七，曹洞別院的僧人上上下下忙了一天，佈置道會禪師的靈堂。道會禪師在曹洞宗的資歷算短的，但是成就頗高，他是現任曹洞別院的教授師，以一個台灣人的身分，躋身內地來的曹洞宗要職，很不簡單。也因為如此，清藏律師和大石住持從一開始就對道會的自殺不敢掉以輕心。

「一點辦法都沒有了嗎？」

「嗯，我們準備一下，我們兩個就直接到周家去吧。」清藏律師說道：「這樣莽動雖然不是我的作風，但事到如今只能靠自己了。」

「要帶什麼嗎？」

「棍仔吧。」

清藏律師也握緊了錫杖，走出山門的時候唸了一聲佛號，才往周家前進。

此時，皎潔的月光正在我們的頭頂，若有似無地灑出了一道銀白色的路徑，讓人不知該進，還是該退。

## 七日目

最後一次來到周家的時候，窄小的街道旁已經圍了一群人。

剛入初夜時分，但方才應該起了一陣很大的騷動，左鄰右舍都被驚醒了。

「真粗殘啊！」此起彼落的唏噓聲不斷。

「不要看！」一個媽媽大手掩住了小男孩的臉。

「有人去找警察大人嘸？」

「有，阿珠已經去了。」

聽說有人去報警了，我看了一眼清藏律師。他接過了我的目光，深深吸了一口氣，閉著眼，才慢慢把那一腔早就了然於胸的感嘆悠長地吐了出來。他將那短柄錫杖振了兩下，圍觀的人聽到錫杖的聲音紛紛轉過頭來，瞧見清藏律師的時候，都很自然地讓出了一條路；這時，清藏律師才舉步往前，走近周家。

雖然台北城的人不認識他，但發生這種事情，似乎也只有和尚解決得了。當他們自動站開，把那周家的大門現出來的時候，只見——周家大門敞開，一個長髮女子倒臥血泊的身影，應該就是郭綿；從她露出來的臂膀和開綻的衣服底下，看得見數十道清晰的刀痕，半個身體還卡在門檻內，好似脫逃不及，就被砍死在門口。郭綿的兩腿間流出了一大灘血。應該是倒地之後壓迫到胎兒，當場小產，所以她才會無力逃出已經被打開的家門外。

而門內，雖然桌上唯一的一盞燭火不甚明亮，但依舊可以透著月色和眾人打來的火光，判斷那是一名仰著頭，倒在地上的男子。他浮出青筋的手裡還緊握著菜刀，脖子上惡狠狠地一道致命的劈砍，那樣子，看起來像是自殺。憑著我昨天才見過的印象，我便認得出他就是周大川。

老管家呢？我焦急地掛念著，在人群中尋找他。

「是秀仁兄，你回來了！」一個喘吁吁、氣若游絲的聲音從周家的門牆邊傳來，老管家原來也被砍中一刀在左肩，被人扶到牆角邊休息；有個大娘扯下了她的圍裙，簡單地將老管家的肩膀包紮起來。

「到底發生了什麼事？」

還不及老管家回答我，兩旁的人七嘴八舌也說不出個所以然來，清藏律師趕忙拍了我肩膀一下。

「趁警察來之前，我們得趕緊去裡頭搜一搜看有沒有什麼線索。」清藏律師覺得被這裡的警察瞧不起，才弄出這樁命案，眼神透出了他心有不甘：「趕在他們前面破案，好讓他們反省一下！」

「喔，好！」我也只得託那大娘繼續照顧老管家，便隨著清藏律師，踏過血泊，探入倲然漆黑的周宅。

清藏律師抓起了桌上的燭火，仔細掃過地上兩具屍體的方寸。而我則趕緊上樓，就我住過周宅的印象，在客房中翻箱倒櫃；當然，我也進到主臥室去，盡可能地尋找對案情發展有幫助的線索。

事情發生得太突然，我只能大概地針對幾樣關鍵的物品著手。清藏律師在樓下喊著那些關鍵物，要我仔細地找。

「髮簪、周亞思的信、任何可能跟曹洞宗有關聯的物品。」

客房的佛具都被我偷偷搜刮走了，所以我在主臥室謹慎地翻找，還不忘把翻箱倒櫃過的痕跡恢復原狀。髮簪的話，我挪動燭光掃過郭綿的鏡台，的確有十來支，但因為昨天才從清藏律師那裡見過一枚黑塗木製的髮簪，於是我很快地注意到郭綿的鏡台前就有一支鑲了珊瑚的黑塗木簪。而且，那枚珊瑚也是鑲在銀框上，和我在客房內搜到的珠子如出一轍，可能是對簪。

至於周亞思的信，則是清藏律師那裡喊著：「找到了，信在我這。」

「喔！」

我們一上一下搜索，沒能找到其他跟曹洞宗甚至與佛教相關的物品，念珠、經本、佛像、法器等等，一個基本在家居士檀信徒應該具備的道具，周家一個也無。在皎潔的月色下，樓上樓下翻找東西的聲音持續了好一陣子，屋外緊張忐忑的情緒，也隨著月光照射進來。

不知道警察為何動作如此之慢，而當我還在樓上苦思這警察的效率時，便聽見樓下的大聲嚷嚷。

「這裡啦，這裡啦！」

我探開窗戶，只見那名應該就是阿珠的婦人在路前引著，後頭跟上了一隊七人小組的警察。

警察終於到了。

警察一到，似乎正打算伸手往郭綿和周大川屍體探去，沒想到卻被清藏律師阻止了，我在樓上聽見他的大喝。

「喂，和尚你幹什麼呢！」

「昨天，我向你們報過案吧？為何你們不受理！」清藏律師喝阻那群警察進屋內：「如果昨天，你們有哪一個人願意聽我說，周家今天會這樣嗎！」

「昨天，那是昨天的事情。昨天豈有死人呢！你再不讓開，那我就要命令我的部下開槍了！」說罷，從我這個方向往一樓望去，果真見到那些警察當中，有四、五個人舉起了槍。

「要我讓開也可以，但我這次要你們聽取我的證詞。」

「你是目擊者嗎？」

我在樓上聽見清藏律師的聲音很明顯地遲疑了半拍，才說：「是！」

「好，那你把事發經過說一下，只要你是目擊者，那我們沒有理由不採信你的證詞。」

「那，可以讓我回想一下嗎？」

「可以，我們先例行地檢查一下現場，你到外面去等。」

我看到清藏律師走出周家，他回頭往我這裡一望，便要我跳下去。

「快啊！」清藏律師小聲地用氣音說著話。我也沒有別的選擇了，只能在警察們上樓之前，跳到一樓去。雖然不過一層樓皮肉傷的等級，但要能跳得不動聲色，還是需要一點技巧跟運氣。我先是跨出窗外，至少，在我幾天前入住周宅的時候，從未想過有一天會要跳出他們家這巴洛克風的雕花窗。

貼著屋牆，在窗框上平移了幾步，確定我跳下去的位置不會被門內的警察看見之後，我對清藏律師做了個手勢；他看懂了我的手勢，便將身上的袈裟脫下來，請三個村民和他一人抓一角，便抖出了一張可以接住我的羅網。我一點也沒猶豫，就像當年清藏律師決定出家一樣，蒙著頭就往那袈裟裡跳。

順利著陸後，看那些警察沒有發現我，我一把將珊瑚髮簪遞給清藏律師後，便閃身躲入人群裡，裝作看熱鬧的村民。清藏律師從我手中接過髮簪，小心地拿出他懷裡的黑塗木和我找到的珊瑚珠，很認真地比對了一下，便朝我這個方向點了點頭。意思應該是他知道事情的來龍去脈了。

警察在屋裡頭大概是尋不到什麼東西了，便走了出來，對清藏律師說：「你是目擊者，那牆邊那位呢？」

「他也是。他是這裡的管家，周大川不在的時候，這房子就他跟郭綿主僕二人。」清藏律師按我對他的描述，很篤定地看著老管家這麼介紹。

「那好。」那應該是小隊長的警察，叫來一個年紀較輕的警察，對他說道：「你跟阿健兩個人，去問那個管家的筆錄，他如果沒辦法好好講，就先帶他去病院找先生，在病院把筆錄問好也可以。」

「是。」那警察跟另一位叫阿健的警察靠向老管家，老管家點點頭，表示他還挺得住，願意就地接受筆錄；兩名警察就地而坐便開始抄寫老管家描述的案發經過。我是毫不擔心老管家這廂，倒是清藏律師誇下海口說他是目擊者，此番他的筆錄如果無法和老管家對得上，那他就得去坐監了。牢飯豈有素的呢！

但看清藏律師卻對那小隊長說得有聲有色，全然不像是在信口開河的樣子！

「是，我趕過來，最後看到的，就是老管家被周大川砍了一刀在肩膀，老管家大喊救命，然後，鄰居們先打了燈，畢竟都夜了，有很多人都是在睡夢中被驚醒的；但不過幾秒鐘的時間，那個周大川心頭一橫，拿著菜刀往自己脖子上一抹，當場癱死過去，還抽搐了好幾下。」

「所以，你來的時候，地上的女子？」

「你說郭綿嗎？她已經死了，但照理來說應該就是周大川砍死的。」

「你怎麼認識周大川和郭綿的？你不是幾天前才上來的嗎？」那小隊長也不是省油的燈，他從一開始就對清藏律師的證言抱持的遲疑的態度。

「喔，那你要問他。」本來只是站在一旁聽小隊長的筆錄，沒想到，清藏律師一個指頭就往我臉上指來：「他跟我前後上來的，他有事要找周大川。」

「來，你過來。」小隊長招呼我過去後，例行公事地問了一下我的身分，以及我找周大川的動機。

「我是受了人家的委託，要找周大川討錢的。」

「多少錢？」

「八十圓。」

「你有拿到嗎？」

「我昨天幫他弟弟送了一封信，沒敢提錢的事情。」我忐忑地生怕說錯：「因為清藏律師怕這個周大川跟郭綿可能不還錢，甚至還要害命，要我先別提。把信送去看看，先觀察一下。」

「信呢？」小隊長不是問我，而是回過頭問他的屬下們。

「沒看到，沒有信。」

「呔！」小隊長一怒：「那就找看看有沒有什麼燒東西的痕跡！」

「警察大人。」清藏律師開口道：「找到也沒用了，不是嗎？倒是，我這裡有一對髮簪，可以協助警察大人破案。」

「破案？你等等再誇口吧。喂，你那邊問完了嗎？」小隊長朝著老管家那邊一喊，兩個年輕警察趕緊把筆錄冊送來。

「問完了問完了，周大川他是先殺妻、後自殺。」

「嗯？」小隊長拿過了老管家的筆錄冊，和他自己做的，那寫有清藏律師的筆錄一對，眉頭皺得！

「好吧，你說，把你知道的都說出來。」

「你願意相信老僧了嗎？」

「信，你跟老管家的筆錄都是一樣的，根據我來的時間，你們應該是來不及串供的。」

「好的，那就聽我說吧。」清藏律師這才將他懷裡的髮簪拿了出來：「這對髮簪，完整的那個，是從郭綿頭上剛拔下來的；被拆成珊瑚跟木柄的，則是在道會禪師的禪房，以及他出家前的宅邸，也就是周宅裡找到的。」

「這和尚跟郭綿有染？」

「別太快下結論啊警察大人。」清藏律師把髮簪交到小隊長的手上，說：「這對髮簪，一個是郭綿的，另一個則是周大川的元配，周月里周夫人的。會被拆成兩半，落在道會禪師手裡，一般人會以為，周月里被郭綿找上了。」

「難道不是嗎？」

「不，看到這對髮簪，只能確定郭綿有找道會禪師追問周月里的行蹤，卻不能斷定周月里的安危。」清藏律師看小隊長還有其他人都對那髮簪摸不清猜不透的樣子，只好繼續說：「道會禪師他受了老管家的委託，把周月里安置在只有他知道的地方，這件事情，郭綿應該從老管家的口裡知道了。於是，郭綿就弄來了一支一模一樣的髮簪，她拿著這個髮簪把道會禪師騙出來，謊稱她找到了月里；她當然知道，這是周大川買給他們的對簪，她一定在周月里的頭上也見過。而道會禪師一怒，就搶過那個髮簪，卻把髮簪搶成了兩半。」

「郭綿這樣做的用意何在？」

「她打算，趁道會禪師親自去找月里，確認自己的謊言時跟蹤他。這樣不就知道周月里住哪了嗎！」

「所以，道會禪師走出廟門，說要找粿仔麵的那晚……」

「是，就是他去找周月里的那晚，但他，唉，他不願讓自己的行蹤曝光，所以選擇深夜出門，但他又擔心郭綿真的找上他，所以留下了這個密碼。我想，他多半猜得到，最終還是會由我出面吧！」清藏律師最後解釋道：「所以粿仔麵就是郭綿的暗語，而道會禪師自盡的原因，就是因為他真的遇到郭綿，誤把周月里的行蹤曝露出來了。」

清藏律師這麼說，也就可以解釋為何在周宅的客房，道會禪師原本的寢室裡，有那顆突兀的珊瑚銀框珠子了；郭綿料準了道會禪師會留著那搶走的木柄，打算用這個珠子來陷害他。

「那周月里她。」

「恐怕已經遇害了。而遇害的經過……」清藏律師欲言又止，望向了老管家那頭：「應該是郭綿跟周大川攤了牌，惹動周大川的殺機，周大川殺了郭綿，砍傷老管家，最後才畏罪自殺的。」

「郭綿她，她這樣有什麼好處啊？」小隊長不禁納悶，悄悄地殺了自己的情敵，默不作聲就好，何必要講出來討人厭呢。

「我想，郭綿也知道周大川周家的事業，擠不出幾個錢了吧，她決定讓周大川做她的共犯；按照周大川一直以來對周月里的態度，要人相信他沒有參與殺妻，恐怕也是很難的吧。」

「但是周大川不肯，是吧。」小隊長想了一下：「可總有哪理說不上來的怪，郭綿她真的有必要做出最後這件事情嗎？」

「不然，你再去問問看老管家，是否如此？他們的爭吵應該不是一下子而已，老管家肯定有聽到原委。」

這次，小隊長親自出馬，蹲在老管家旁邊；他注意到老管家的傷口真的不太嚴重，反倒是受到的驚嚇比較大。他低聲地旁敲側集了幾句後，一臉敬佩清藏律師的眼神，緩緩地走了過來。

「失敬了，真的是，真的是跟法師你所說的一樣。」小隊長更加確信，老管家不可能連這個程度的證詞都來得及跟清藏律師串供。

儘管，有那麼一點點說不上來的怪，但至少連頭帶尾地看，整個案子從道會禪師自殺，到周大川殺妻後自殺，都是合乎常理的。

耗了一個晚上沒睡，道會禪師簡單莊重的法會結束後，清藏律師就和我準備搭車回府城了。

在車上，清藏律師才拿出周亞思託我交給周大川的那封家書。

上頭寫著：「討債的來了，我隨後到。」

我納悶地看著這封信，雖然有想到那麼一點點，但卻恍惚地碰不著邊。

「這是什麼意思啊？周亞思也上來了？」

「是的。」

「啊，所以！」

「噓！不要浪費了老管家，和周大川的苦心。」清藏律師搖搖頭，車過鐵橋的時候，把那封信三兩把扯碎，往車窗外一拋，破碎的信紙便飄散在風中，落在湍急的溪水上。

清藏律師說：「又不是十惡不赦的兇徒，對吧？」

我至今都一直在思考的事情是，關於《周成過台灣》，那個不知名的復仇者究竟是誰？說是冤魂，一定只是為了把社會案件戲劇化的手段，但如果冤魂這樣不科學的事情果真不存在的話，我們該怎麼辦呢？

【本集完】

## 【後記】

誰想得到，幾段早已經被遺忘的這座島上的故事，有一天也可以成為推理小說？一直以來，我的創作信念就是盡可能地利用島上的養分，我以為，要能夠茁壯，必不能離開土壤。

這部小說的完成得很早，曾拿到國家文藝會的補助，但後來覺得有很多地方不夠台灣、不夠推理，就一直將它擱置在電腦裡。是幾次到偵探書屋，與探長譚端聊了之後，知道他的最近幾個寫作計畫，居然就是以台灣為舞台，便激勵了我，一定要將故事說完的決心。

我還沒有加入推理作家協會，也極少在台灣推理的場域發聲，因為我總覺得，沒有著作的人，是沒資格說三道四的。這當然是我自己的高標準，並不適用於所有人，所以在這之前除了我的編輯喬齊安引介的一些寫短書評的機會之外，我對於任何公開談論推理小說的講座活動都十分戒慎恐懼。

我甚至讓自己遠離台灣推理作家的長篇小說，就怕被他們的書寫風格影響；看的推理作品不多，普遍集中在阿嘉莎和松本清張兩位而已，一心想寫出至少是自己發想出來的詭計，盡可能地單純化。現在，我終於可以安心地好好重拾台灣推理作家的小說了。

推理小說正在台灣起步，感謝串起了早期台灣推理勝景，延續新氣象的台灣推理作家協會；

感謝憑著傻勁只出版台推小說的喬齊安；感謝默默打造亞洲第一推理書店的探長譚端；感謝我的家人在我趕稿的日子，多所擔待。

這是我人生中的第三本書，第一本推理小說，希望我在世新大學的小說課能繼續兼任下去，站在教育的崗位上，替推理小說發聲。

唐墨

要推理36 PG1683

# 清藏住持時代推理：

## 當和尚買了髮簪

作　　者　唐　墨
責任編輯　喬齊安
圖文排版　周妤靜
封面設計　蔡瑋筠

出版策劃　要有光
製作發行　秀威資訊科技股份有限公司
114 台北市內湖區瑞光路76巷65號1樓
電話：+886-2-2796-3638　傳真：+886-2-2796-1377
服務信箱：service@showwe.com.tw
http://www.showwe.com.tw
郵政劃撥　19563868　戶名：秀威資訊科技股份有限公司
展售門市　國家書店【松江門市】
104 台北市中山區松江路209號1樓
電話：+886-2-2518-0207　傳真：+886-2-2518-0778
網路訂購　秀威網路書店：http://www.bodbooks.com.tw
國家網路書店：http://www.govbooks.com.tw
法律顧問　毛國樑　律師
總 經 銷　易可數位行銷股份有限公司
地址：231新北市新店區寶橋路235巷6弄3號5樓
電話：+886-2-8911-0825　傳真：+886-2-8911-0801
e-mail：book-info@ecorebooks.com
易可部落格：http://ecorebooks.pixnet.net/blog

出版日期　2017年4月　BOD一版
定　　價　260元

國家圖書館出版品預行編目

清藏住持時代推理 ： 當和尚買了髮簪 / 唐墨著.
-- 一版. -- 臺北市 : 要有光, 2017.04
面； 公分. -- (要推理 ; 36)
BOD版
ISBN 978-986-94298-5-6(平裝)

857.81 106002064

# 讀者回函卡

感謝您購買本書，為提升服務品質，請填妥以下資料，將讀者回函卡直接寄回或傳真本公司，收到您的寶貴意見後，我們會收藏記錄及檢討，謝謝！
如您需要了解本公司最新出版書目、購書優惠或企劃活動，歡迎您上網查詢或下載相關資料：http:// www.showwe.com.tw

您購買的書名：________________________________

出生日期：________年________月________日

學歷：□高中（含）以下　□大專　□研究所（含）以上

職業：□製造業　□金融業　□資訊業　□軍警　□傳播業　□自由業
□服務業　□公務員　□教職　□學生　□家管　□其它______

購書地點：□網路書店　□實體書店　□書展　□郵購　□贈閱　□其他

您從何得知本書的消息？

□網路書店　□實體書店　□網路搜尋　□電子報　□書訊　□雜誌
□傳播媒體　□親友推薦　□網站推薦　□部落格　□其他__________

您對本書的評價：（請填代號　1.非常滿意　2.滿意　3.尚可　4.再改進）

封面設計____　版面編排____　內容____　文／譯筆____　價格____

讀完書後您覺得：

□很有收穫　□有收穫　□收穫不多　□沒收穫

對我們的建議：________________________________

________________________________

________________________________

________________________________

請貼
郵票

11466
台北市內湖區瑞光路 76 巷 65 號 1 樓
**秀威資訊科技股份有限公司** 收
BOD 數位出版事業部

........................................................................................................................
（請沿線對折寄回，謝謝！）

姓　　名：＿＿＿＿＿＿＿＿＿　年齡：＿＿＿＿　性別：□女　□男

郵遞區號：□□□□□

地　　址：＿＿＿＿＿＿＿＿＿＿＿＿＿＿＿＿＿＿＿＿＿

聯絡電話：(日)＿＿＿＿＿＿＿＿＿(夜)＿＿＿＿＿＿＿＿＿

E-mail：＿＿＿＿＿＿＿＿＿＿＿＿＿＿＿＿＿＿＿＿＿